YMA:
HADAU

Cyflwynedig er cof am Dad-cu a Mam-gu Bow Street,

*Iorwerth (a fu'n gweithio yn 'y plas' ac a
wyddai lawer mwy na'r rhan fwyaf o bobl am hadau)*

ac Eluned, un o fy Mamau Un i.

YMA: HADAU

LLEUCU ROBERTS

Diolch i Meinir Wyn Edwards a phawb yn y Lolfa
am eu cymorth parod a'u cyngor doeth bob amser.

Gyda diolch i Rhian Davies o Ysgol y Preseli,
Osian Higham o Ysgol Bro Edern, Ceris James o Ysgol Bro Myrddin
ac Esyllt Maelor am eu sylwadau gwerthfawr.

Argraffiad cyntaf: 2018
© Hawlfraint Lleucu Roberts a'r Lolfa Cyf., 2018

Cynllun y clawr: Olwen Fowler

Rhif Llyfr Rhyngwladol: 978 1 78461 653 3

Ariennir yn rhannol gan Lywodraeth Cymru fel rhan o'i rhaglen
gomisiynu adnoddau addysgu a dysgu Cymraeg a dwyieithog.

Cyhoeddwyd ac argraffwyd yng Nghymru
ar bapur o goedwigoedd cynaliadwy gan
Y Lolfa Cyf., Talybont, Ceredigion SY24 5HE
e-bost ylolfa@ylolfa.com
gwefan www.ylolfa.com
ffôn 01970 832 304
ffacs 01970 832 782

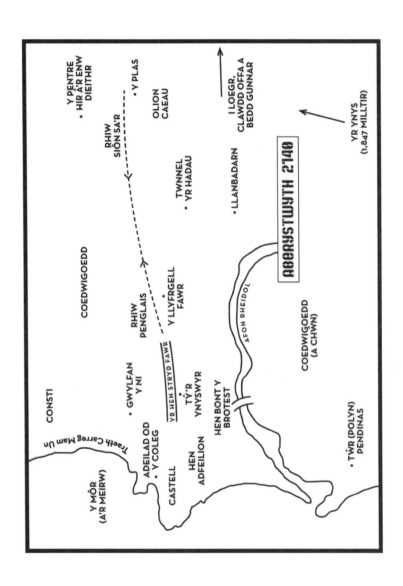

Yn y flwyddyn 2140, teithiodd Gwawr a Cai o'u cartref ar ynys yng Nghylch yr Arctig i Gymru – gwlad eu hynafiaid cyn i fomiau niwclear ganrif ynghynt ei gwneud hi'n amhosib i bobl fyw yno.

Cymraeg yw eu mamiaith, iaith sydd wedi goroesi drwy benderfyniad Rhian, Mam Un, a aethai i'r Ynys cyn y Diwedd Mawr, ac a gadwodd Ddyddiadur yn sôn am Gymru. Gwnaeth Mam Un yn siŵr fod y Gymraeg yn parhau ar yr Ynys, fel y gallai rhai o'i disgynyddion fynd â hi'n ôl i Gymru pan fyddai'n ddiogel iddyn nhw wneud hynny.

Chwe chenhedlaeth yn ddiweddarach, mae'r Ynyswyr wedi cyrraedd Aberystwyth, tref lle na bu pobl ers dros ganrif, yn ôl yr hyn a ddysgwyd iddyn nhw.

Weithiau, mae'r gwersi'n anghywir...

1

CYN I GWAWR agor ei llygaid, gwrandawodd ar donnau'r môr yn tincial ar y cerrig mân. Fel hyn y byddai Mam Un wedi profi'r byd – yr haul cynnes, a sŵn y tonnau'n rhythm cyffyrddus a'i suai i gwsg.

Yn sydyn, daeth yn ymwybodol o gysgod rhyngddi a'r haul. Teimlodd ei chalon yn rhoi naid wrth iddi godi ei llaw at ei thalcen i gau'r pelydrau miniog allan er mwyn iddi allu nabod y presenoldeb oedd yn sefyll uwch ei phen. Beiodd ei hun am beidio â bod ar ei gwyliadwriaeth.

'Deffra'r bodren!'

Lluchiodd Cai lond llaw o gerrig mân y traeth dros ei bol. Cododd Gwawr ar ei heistedd yn flin. Pam roedd Cai'n mynnu chwalu pob eiliad o lonydd a gâi – yma yn Aberystwyth, lawn cymaint ag y gwnaethai erioed ar yr Ynys?

Gwenodd Cai arni, ei herio i'w regi.

Ers tair wythnos, roedd hi wedi llarpio'r haul, wedi ymlacio ar ôl y daith hir ar droed o'r pen arall i Loegr ac ar y cwch o'r Ynys cyn hynny. Bob eiliad a gâi iddi hi ei hun, roedd hi wedi dwlu ar gusan yr haul ar ei chorff, coflaid gynnes fel llyfiad o wres drwyddi, mewn modd na chawsai erioed mo'i brofi o'r blaen ar yr ynys oer. Yno, roedd dillad yn bwysicach na bwyd bron iawn, a'r tywydd fel cyllell am fwy na hanner y flwyddyn.

'Ma gyda ni bethe pwysicach i neud na chysgu ar y tra'th. Ti'n lwcus mai fi sy 'ma, ddim Gwenda neu Olaf. Fe fydden nhw wedi dy flingo di am beido bod ar dy wyliadwrieth.'

Roedden nhw'n dal i gredu, felly, fod 'na bobl eraill wedi bod yma'n ddiweddar.

'Ffylied dwl, ddweden i,' meddai Cai. 'Edrych ar y lle 'ma: os bydde pobol wedi bod 'ma, pam na fydden nhw wedi setlo 'ma? Ma'r lle 'ma'n nefoedd!'

'Gad lonydd i fi, 'te,' brathodd Gwawr yn ôl. 'Os nad wyt ti'n credu bod 'na beryg, gad fi fod i fwynhau'r haul bendigedig 'ma.'

'Tra ma pawb arall yn gweitho.'

'Dwi wedi cario dŵr, dwi wedi casglu coed tân, ac ry'n ni wedi clirio'r tŷ. Beth arall sy gyda ni i neud cyn cinio?'

Roedd Gwenda wedi dweud wrth y criw mai'r gorchwylion sylfaenol yn unig oedd hi i fod heddiw, cyn mynd am dro fory i weld beth fyddai gan hen ardal gogledd Ceredigion i'w gynnig iddyn nhw.

'Rhoi min ar y gwaywffyn, cyweirio un o'r certi, astudio'r map,' rhestrodd Cai. 'Ma Olaf a Freyja wedi mynd i hela rhagor o lygod mawr i'w bwyta, dwi wedi bod yn helpu Gwenda i flingo swper, ac rwyt ti, y Frenhines Gwawr, yn bolaheulo ar y tra'th.'

Cododd Gwawr ar ei thraed. Doedd fawr o bwynt oedi rhagor – roedd hi'n amlwg fod ei hawr fach o lonydd wedi dod i ben. Estynnodd i boced ei throwsus byr a throi carreg Rhian, Mam Un, yn ei llaw.

Ei bwriad pan gododd y bore hwnnw o'i gwâl wrth y tân oedd taro draw i'r traeth i ddychwelyd y garreg, fel roedd hi wedi bwriadu ei wneud ers iddyn nhw gyrraedd Aberystwyth. Ar y traeth roedd ei lle hi. Dod â hi'n ôl i'r fan o ble daeth hi, dros ganrif ynghynt. Dyna oedd rhan o'i chenhadaeth fawr wrth ddod ar y daith bell, bell o'r Ynys: dychwelyd carreg Mam Un i'r traeth lle roedd hi a'i ffrind wedi treulio un prynhawn braf cyn iddi fynd i ffwrdd i weithio ar yr Ynys. Ei lle hi, Gwawr, ei gor-or-or-wyres, ei braint hi, oedd dychwelyd y garreg.

Ond roedd hi wedi oedi i fwynhau'r haul, i wrando ar gân y tonnau, ac roedd y garreg yn dal yn ei phoced.

Gwyddai'n iawn mai ofergoel oedd credu bod y garreg wedi ei gwarchod ar hyd y daith o'r Ynys. Ofergoel wirion merch ifanc benchwiban. Ond methai'n lân â gadael i'r garreg fynd.

Tynnodd hi allan yn ei llaw, a'i throi drosodd – *Pob hwyl ar dy antur fawr,* meddai'r ysgrifen arni.

'Methu gadael iddi fynd?' holodd Cai, yn llygad ei le, damio fe. 'Dal dy afael arni. Os wyt ti'n gyndyn i'w rhoi hi'n ôl, cadwa hi. Syml.'

Beth fyddai Mam Un yn ei feddwl pe bai hi'n ei chadw?

Ceryddodd ei hun: doedd Mam Un ddim callach, roedd hi wedi marw ers degawdau. Anelodd am ben uchaf y traeth, lle roedd adeiladau'r dref, a Cai wrth ei sodlau.

Er nad oedd y tyfiant gwyrdd wedi gafael i'r fath raddau yn y rhes o adeiladau a oedd â'u hwynebau at y môr, roedd stormydd a thywydd canrif wedi gadael eu hôl. Syllent allan yn llygatwag ar Fae Ceredigion, heb nemor yr un ffenest yn dal yn gyfan. Briwsionai'r concrid o gwmpas y tyllau gwag, a phrin y gellid dweud bellach pa liw oedd y paent a'u gorchuddiai unwaith.

Cofiai Gwawr eiriau Mam Un yn y Dyddiadur. Siaradai'n gynnes am y prom, a'r adeiladau lliwgar, am y pier, na allai Gwawr mo'i ddychmygu'n ymestyn allan i'r môr lle roedd yr adeilad mawreddog od yn dal i farcio'r ffin rhwng traeth y gogledd a thraeth y de. Soniai am bobl yn cerdded o un pen i'r traeth i'r llall ar y pafin, nad oedd yn ddim ond cerigach tameidiog bellach lle roedd y concrid wedi malu, nes ei bod hi'n anodd gwybod lle roedd y ffin rhwng cerrig mwya'r traeth a'r prom lle roedd y wal ar ei hisaf. Cregyn oedd yr adeiladau a wynebai'r môr bellach. Roedd canrif o ergydio di-ben-draw gan donnau a chwipiwyd gan stormydd enbyd a churo didrugaredd gan lanw'r môr ar ei uchaf wedi gadael ei hôl ar y rhes o adeiladau. Bochiai cerrig a choncrid mâl fel stwffin ohonynt nes ei gwneud hi'n beryglus mentro'n rhy agos.

Ond daliai'r wal ym mhen gogleddol y traeth i wrthsefyll y tonnau gwaethaf, ac estynnai bryn Consti i fyny at hen adfeilion y caffi ar ei frig.

Consti: lle roedd Rhian wedi bod yn gweithio ar y gwaith a fyddai'n ei harwain, yn y pen draw, i'r Ynys, ac oddi yno i'r mynydd a'i llyncodd hi a'r 48 arall, ac ymlaen drwy enynnau pum cenhedlaeth i roi ei hargraff ar enynnau Gwawr.

Roedd hi a Cai wedi bod yn chwilio am olion yr hen drên i ben Consti, ac wedi dod o hyd i brennau'r lein yng nghanol y drain a'r mieri. Cawsant eu hatal hyd yma gan y tyfiant rhag mynd i mewn i'r adeilad lle roedd y trên wedi treulio dros ganrif yn segur, ond dôi cyfle arall. Â chymaint o lefydd i fynd a chymaint i'w archwilio, roedd y criw wedi penderfynu'n fuan iawn mai yn nhref Aberystwyth ei hun y bydden nhw'n dod o hyd i gartref parhaol dros flwyddyn eu hymweliad â Chymru, gan deithio allan i'r cyffiniau am dro i weld beth welen nhw.

Treuliai Gwenda'r rhan fwyaf o'i dyddiau i fyny yn y llyfrgell fawr. Roedd Gwawr a Cai wedi bod yno droeon hefyd, yn tyrchu drwy lyfrau nad oedd y rhan fwyaf ohonyn nhw fawr gwaeth eu cyflwr, er eu henaint. Gwell oedd gan Olaf drwyna yn y dref, edrych i weld faint o'r hen fyd oedd yn weddill, tra bo Freyja'n treulio'i dyddiau ar y cyrion, yn hela llygod mawr ac ambell gi yn y coed, fel pe bai hi wedi ysgwyddo'r orchwyl o'u bwydo fel cyfrifoldeb personol.

Rhoddodd Gwawr y garreg yn ôl yn ei phoced. Câi ei dychwelyd i'r traeth rywdro eto… pan fydden nhw'n gadael Aberystwyth efallai, pryd bynnag y byddai hynny.

Teimlodd wayw o hiraeth am ei theulu, a throdd drachefn am eiliad neu ddwy i edrych ar fôr gwahanol i'r un a groesodd, ond un a roddai bellter rhwng tir a thir yr un fath.

Yna, dilynodd Cai i gyfeiriad canol y dref, lle roedd eu cartref newydd bellach.

Yno, ar y stryd fawr, roedd un o'r tai mewn cyflwr gwell na'r lleill, a nifer o'i ffenestri'n dal yn gyfan. Dewis hwnnw'n gartref wnaethon nhw, dair wythnos yn ôl, ar eu diwrnod cyntaf yn y dref. Rhywle diogel rhag cŵn – a mwy na chŵn, os oedd dadansoddiad Gwenda ac Olaf o'r olion tân a welon nhw ar gyrion y dref yn wir. Rhywle'n gysgod rhag y glaw, er na welon nhw hwnnw eto, dim ond haul crasboeth canol haf. Haul poethach, yn ôl Gwenda, nag a brofodd Rhian a phobl Aberystwyth, pan oedd pobl yn y dref ddiwethaf. Gadawsai cynhesu byd-eang ei ôl, er bod y byd wedi hen ddechrau sefydlogi ar ôl cael llonydd gan bobl i wella, a natur wedi hen adfer ei goruchafiaeth. Dyma hinsawdd newydd Cymru, eglurodd Gwenda: hafau sych a phoeth, a gaeafau cynnes ac eithriadol o wlyb.

'Bob tro dwi'n cerdded ar hyd y stryd hon o'r môr,' meddai Gwawr, 'dwi'n teimlo fel pe bai rhywun yn 'y ngwylio i o dyllau ffenestri'r lloriau ucha.'

'Falle bod e,' meddai Cai'n ddidaro. 'Yn barod i'n saethu ni gyda bwa a saeth!'

Wnâi Gwawr ddim rhoi'r argraff ei fod e'n ei dychryn. Fe oedd y babi mwyaf o'r ddau yn ôl ar yr Ynys: hi fyddai eisiau hwylio bellaf yn y cwch bach o gwmpas y bae; hi oedd eisiau mynd i gopa'r mynydd a edrychai i lawr ar eu cartref ar yr Ynys, neu fentro allan yn nhywyllwch y gaeafwyll ar ryw antur neu'i gilydd.

Ond ers iddyn nhw ddod ar y daith, roedd Cai wedi magu hyder a dewrder. Aeth ias i lawr ei chefn wrth gofio amdano'n ceisio achub bywyd Gunnar rhag y ci gwyllt. Gwyliodd ef yn brasgamu o'i blaen, a synnu cymaint o ddyn oedd e bellach.

Yna, roedd e'n troi ati'n ddychryn drwyddo, yn pwyntio at un o ffenestri'r stryd i ganol y dref, ac yn bloeddio:

'Gwylia!'

Disgynnodd Gwawr i'w chwrcwd ar amrantiad, yn crynu drwyddi, gan aros i'r saeth ei thrywanu. Roedden nhw allan ar ganol y stryd yng ngolwg pwy bynnag oedd yn saethu – doedd dim gobaith! Aeth wynebau ei theulu drwy feddwl Gwawr, a gwyddai ei bod hi ar ben arni.

A'r eiliad nesaf roedd Cai'n gafael ynddi gan chwerthin i'w berfedd, y cythraul ag e! Anelodd Gwawr ei dyrnau tuag ato'n ffyrnig, yn benwan ei fod wedi llwyddo i godi'r fath arswyd ynddi.

'Sori, sori, sori!' sgrechiodd Cai o dan ei dyrnau a thrwy hyrddiadau pellach o chwerthin.

Yna roedd hi'n rhedeg oddi wrtho, yn methu dioddef rhagor o'i ddwli, ac yn rhuthro at y tŷ roedd hi bellach yn ei alw'n 'gartre'.

2

G WYRODD Anil ei ben rhag i'r estroniaid ei weld. Roedd un o'r ddau'n sefyll ar ganol y stryd yn chwerthin, a'r llall, rai camau y tu ôl iddo, yn rhythu mewn arswyd i'w gyfeiriad. Crynodd Anil. Fe fyddai pris i'w dalu pe baen nhw'n ei weld.

Roedd yr estron gwallt golau – dynes, tybiodd Anil – yn llai o faint na'r llall, yr un oedd yn chwerthin. Ac yn ôl ei lais, dyn oedd hwnnw. Camodd Anil yn ôl i'r cysgod wrth i'r un bach lamu at yr un mawr a dechrau ei ddyrnu.

Pethau od oedd yr estroniaid. Gallai Anil dyngu weithiau eu bod yn siarad yr un iaith ag ef: ambell air – 'cer!' 'der!' 'cha!' – ond pan fyddai'r estroniaid yn siarad drwy'i gilydd i gyd, fyddai Anil ddim yn deall gair. A doedd e ddim am fentro'n rhy agos rhag cael ei weld.

Eisteddodd Anil: byddai'n oriau hir eto cyn iddi nosi. Ni fyddai Jos yn ei ryddhau o'i orchwylion tan y byddai düwch nos yn ei lyncu ddigon i adael iddo sleifio oddi yno i gyfeiriad y plas heb i'r estroniaid ei weld. Cymerai awr dda i gyrraedd y plas wedyn yng ngolau'r lleuad.

Eiliad yn unig y bu Anil ar ei din cyn iddo glywed camau ar y grisiau.

'Pw ffach?!' ebychodd wrtho'i hun.

'Mi on col nawr, der!'

'Ti not nawr, affta haul down ti on col,' meddai Anil.

Doedd shifft Wotsi ddim yn dechrau tan iddi fachlud, ac wedi hynny hefyd os na fyddai'n ddigon tywyll o hyd iddo fentro drwy strydoedd y dref heb gael ei weld. A dyma fe, wedi peryglu'r holl waith ysbïo i ddim pwrpas. Er mwyn osgoi gorfod cyflawni rhyw waith mwy corfforol, mae'n siŵr, meddyliodd Anil.

'Cer ti, Anil, nawr!' gorchmynnodd Wotsi yn siarp.

Hen gythraul blin oedd Wotsi, a phe bai e'n iau byddai Anil wedi dweud wrtho am feindio'i fusnes, ond roedd e'n tynnu at ei ddeg ar hugain ac yn haeddu'r parch roedd trigolion hŷn y Ni yn tueddu i'w gael.

'Nois lawr,' meddai Anil: doedd e ddim am i'r estroniaid eu clywed.

'No gweutho fi wot tw dw,' rhybuddiodd Wotsi'n fygythiol. 'Not-peth ffach!'

Doedd neb wedi galw Anil yn 'not-peth' ers amser, ac aeth ias i lawr ei gefn wrth iddo glywed y geiriau sarhaus.

Na, nid not-peth ydw i, gwaeddodd Anil arno yn ei ben, nid not-peth ond *pob* peth! Dwi'n fachgen ac yn ferch, yn fe ac yn hi, yn bopeth. Ches i ddim dewis cael fy ngeni'n meddu ar gorff sy'n fenywaidd ac yn wrywaidd. Person ydw i, protestiodd.

Ond yn ei ben y protestiai'r person – ddywedodd e ddim gair wrth Wotsi. Roedd Anil wedi hen ddysgu bod bywyd yn haws drwy gau ceg.

Problem y genhedlaeth hŷn oedd hi, roedd Anil yn gwybod hynny'n iawn, y genhedlaeth hŷn oedd yn methu derbyn, yn ei chael hi'n anodd dygymod â'r gwahanol, yn defnyddio termau difrïol fel 'not-peth'.

'Lico not ti gweud ddat,' meddai Anil, gan geisio dal ei dir.

'No mi lico!'

'Is trw! Not-peth is iw is ti, not fe, not hi!'

'Is hen shit is ti!' mentrodd Anil.

'Is trw,' cododd Wotsi ei ysgwyddau. 'Is trw, is hen shit fi, byt is fi no not-peth!'

Gwenodd Wotsi'n ddirmygus arno. Penderfynodd Anil adael iddo gael y gair olaf, a chododd i fynd oddi yno.

'Ei!' galwodd Wotsi wedyn wrth i Anil fynd drwy'r drws. 'Ho mi dŵr!'

'Stwff,' meddai Anil dros ei ysgwydd. 'Ti ffindo dŵr! Fi cer.'

Câi Wotsi ddod o hyd i'w ddŵr ei hun.

Rhedodd Anil i lawr y grisiau, a syllu allan drwy'r crac mawr yn y drws fel y gwnâi bob tro i wneud yn siŵr fod y ffordd yn glir, cyn ei agor a sleifio allan. Penderfynodd rowndio drwy'r strydoedd ôl tuag at y tir gwastad i gyfeiriad 'haul-lan', a dringo'r mynydd i gyfeiriad y plas, yn lle mynd ar hyd y llwybr mwy uniongyrchol, gan ei bod hi'n ganol dydd.

Allai Anil ddim credu bod Wotsi a phwy bynnag a'i gyrrodd am iddo beryglu popeth drwy ddod allan i'r golwg ganol dydd fel hyn. Gallai un o'r estroniaid yn hawdd fod yn gwylio yn rhywle. Fe gymerai'r rhan orau o'r prynhawn iddo gyrraedd y plas fel roedd hi, heb sôn am orfod gwylio'i gefn bob cam. Gwyddai fod un o'r estroniaid wedi mynd â'i phicell i gyfeiriad y polyn ar y mynydd: gallai'n hawdd gael ei weld ganddi. Damio Wotsi!

Sawl newid tymor oedd wedi bod ers i unrhyw un ei alw'n 'not-peth'?

Pan ddaeth y newyddion, leuad llawn diwethaf, am ddyfodiad yr estroniaid, roedd hi fel pe bai rhywun wedi rhoi'r plas ar dân, gymaint o banig a chyffro a saethodd drwy bawb yn y lle. Doedd dim byd tebyg wedi digwydd o'r blaen – ddim ers amser hir, beth bynnag. Ac am ryw reswm, roedd Anil wedi teimlo rhyw lygedyn bach o obaith efallai y byddai yna rai tebyg iddo ymhlith yr estroniaid, neu mai bodau deuryw oedden nhw i gyd, hyd yn oed.

Dyna wych fyddai hi pe bai llwyth o rai tebyg i Anil yn bodoli, yn lle ambell un fel Twtsyn a Stocs.

Ond wrth iddo gadw llygad arnyn nhw o bell, fe sylweddolodd Anil yn fuan iawn nad oedd neb tebyg iddo yn eu plith. Gwyddai Anil yn iawn nad oedd pawb yr un fath â Wotsi, yn methu ymdopi â rhywun gwahanol iddo fe'i hun, ond doedd hynny ddim yn cael gwared ar y teimlad chwydlyd a lifodd drwy ei gorff pan glywodd y gair 'not-peth' ffiaidd. Gallai Anil ddal i deimlo'r cryndod a aeth drwy ei gorff, fel pe bai'r gair yn bicell a'i trywanodd. A nawr, teimlai mor unig ag erioed.

Damio Wotsi, meddyliodd Anil eto. Damio fe a'i hen ragfarnau bach creulon.

3

'HISHT!'

Arhosodd Gwawr ar hanner cam, heb feiddio gostwng ei throed ar y ddaear. Gwrandawai Freyja'n astud, a phe bai ganddi glustiau ar dop ei phen, byddent wedi codi.

Doedd dim golwg gwrando ar Cai: loetrai yn ei unfan, gan grensian brigau ar lawr. Rhythodd Gwenda arno'n flin, ond heb feiddio'i geryddu: roedd Freyja'n dal i wrando, a'i phicell yn ei llaw wedi hanner ei chodi'n barod.

Ysgydwodd Freyja ei phen.

'Allen i dyngu 'mod i wedi clywed sŵn brigyn dan draed,' meddai pan fentrodd pawb anadlu eto.

'Cai a'i draed mawr,' meddai Gwawr.

'Cau hi!' saethodd Cai yn ôl.

'Traed mawr i fynd gyda'i geg fawr,' gwatwarodd Gwawr eilwaith.

'Na ddigon, chi'ch dau,' rhybuddiodd Gwenda. 'Rhowch y gore i ymddwyn fel plant bach.'

Teimlodd Gwawr waradwydd y cyhuddiad, a difaru gadael i Cai ei thynnu i gecru. Roedd Gwenda eisoes wedi rhybuddio'r criw pa mor bwysig oedd y daith heddiw.

Ers tair wythnos, doedd yr Ynyswyr ddim wedi gallu

ymlacio'n iawn. Ers cyrraedd Aberystwyth, a gwybod bod rhywun, rhywrai, wedi bod yno o'u blaenau, doedden nhw ddim wedi gallu mwynhau'r cyrraedd ar ôl teithio mor hir ar draws y môr o'r Ynys ac yna ar draws Lloegr. Roedd Gwenda wedi gofyn i bob un ohonyn nhw fod ar ei wyliadwriaeth, ac wedi trefnu bod rhywun yn effro bob adeg o'r nos drwy drefn rota, ond gwyddai pawb nad oedd modd cynnal hynny'n hir mewn criw mor fach. Sut ar y ddaear roedd pump o bobl i fod i gadw llygad am berygl mewn tref mor fawr ag Aberystwyth? Gallai rhyw fygythiad neu'i gilydd lechu yn unrhyw un o filoedd o gilfachau'r hen le.

Roedden nhw'n byw ar yr hen stryd fawr ac yn cerdded oddi yno i fyny Rhiw Penglais i'r llyfrgell fawr a ddaliai gymaint o lyfrau ac a ddysgai gymaint iddyn nhw am yr hen bobl, cyn y Diwedd Mawr ganrif ynghynt. Bu'r pump yn pori ar yr wybodaeth newydd yno, yn darllen mapiau a ddangosai drefi a phentrefi'r hen Gymru, yn nyddiau Mam Un. Bu Gwawr wrthi am sawl diwrnod yn dysgu mwy am gyfeiriadau'r Dyddiadur, yr holl wybodaeth roedd Mam Un wedi'i gadael ar ôl i bobl yr Ynys. A dyma bump – chwech pan oedd Gunnar yn rhan o'r criw – ohonyn nhw'n cael y fraint o weld yr hen wlad, o ddysgu mwy amdani drwy gerdded ei thir.

Fe fuon nhw wrthi'n ddyfal yn chwilio'r dref am wahanol bethau, am dystiolaeth o'r oes a fu, gweld beth welen nhw, dysgu am fywyd fel roedd e. Ond yng nghefn meddwl pob un ohonyn nhw roedd y sylweddoliad nad oedden nhw ar eu pen eu hunain go iawn. Yn hwyr neu'n hwyrach, fe fyddai'n rhaid iddyn nhw gael gwybod pwy oedd yno, neu oedd wedi bod yno, ble roedden nhw nawr, a oedden nhw'n dal i fod gerllaw, yn eu gwylio, neu a oedden nhw wedi mynd. Cymaint o gwestiynau heb eu hateb.

Roedd rhaid gwybod. Teimlai Gwawr na fyddai modd iddyn nhw symud yn eu blaenau'n iawn heb wybod.

Cai oedd yr unig un nad oedd yn wirioneddol gredu bod yna unrhyw un heblaw nhw yn y cyffiniau. Credai'n bendant fod Olaf wedi camgymryd mai olion pobl oedd yr olion tân a welodd ar y diwrnod cyntaf hwnnw. Ceisiodd Cai ddadlau y gallai gwres yr haul gychwyn tân, neu fellten. Doedd dim rhaid cael pobl. Ond doedd y lleill ddim fel pe baen nhw eisiau clywed.

'Pam ma pawb am gredu'r gwaetha?' meddai wrthyn nhw ar ganol dadl wythnos ynghynt ynglŷn â'r peth gorau i'w wneud.

'Pwy ddwedodd ddim byd am y gwaetha?' atebodd Gwenda. 'Fe alle fod yn fanteisiol iawn os oes pobol 'ma.'

Ond yn dawel bach, fe wyddai pob un ohonyn nhw mai bygythiad fyddai bodolaeth unrhyw bobl eraill, ar y cychwyn o leiaf: doedd dim dal o gwbl sut bobl fydden nhw, sut lywodraeth fyddai'n eu cadw nhw gyda'i gilydd, pa mor waraidd fyddai eu byd nhw.

Neu anwaraidd.

Ac roedd cwsg pawb ond Cai wedi bod yn llawn hunllefau cythryblus ers y diwrnod y darganfu Olaf olion y tân.

Wyddai Gwawr ddim beth oedd orau: peidio â gwybod y gwaethaf, neu wybod beth oedd o'u blaenau. Tybiai y câi wybod mwy heddiw, gan eu bod am fentro ychydig pellach nag yr oedden nhw wedi'i wneud ers cyrraedd yno.

Ar ôl dod allan o'r coed ychydig i'r gogledd o'r dref, gorchmynnodd Gwenda iddyn nhw eistedd am eiliad i ddarllen y tirlun newydd o'u blaenau cyn mentro ymhellach. Roedd yr haul annaearol o boeth yn uchel yn yr awyr, a gallai Gwawr weld barcud yn hofran yn y pellter, gan wylio llawr y dyffryn eang. Ers iddi syllu fry ar yr aderyn cyntaf iddi ei weld erioed, dair wythnos ynghynt ar y daith drwy'r Canolbarth, roedd hi wedi gweld dau neu dri o rai eraill, a phrin fod cyfaredd y cyntaf wedi ei gadael. Gallai wylio aderyn drwy'r dydd, yn hofran mor esmwyth, bron heb symud ei adenydd, mor hyfryd o ysgafn: doedd dim teimlad tebyg iddo.

Yna, yn sydyn, daliodd rhywbeth ei llygad: roedd rhywbeth yn fflachio o dan yr aderyn, ar y ddaear. Meddyliodd Gwawr mai ei llygaid oedd yn chwarae tric â'i meddwl, ond gwelodd ef eto wedyn. Fflach sydyn o ganol y tyfiant ar lawr y dyffryn, yn union fel pe bai un o belydrau'r haul wedi dal rhyw arwyneb disglair. Roedd Olaf wedi codi ar ei draed, ac yn syllu i'r un cyfeiriad.

'Weloch chi hwnna?'

'Rhywbeth yn disgleirio,' cadarnhaodd Gwawr. 'O ganol y tyfiant 'na.'

'Haul ar ddŵr…' awgrymodd Gwenda, ond roedd hithau bellach ar ei thraed, yn gwylio'r fan ac yn cnoi ei hewinedd, fel y tueddai wneud pan fyddai'n meddwl. 'Neu garreg, neu hen ffenest, darn o wydr…'

'Fe ddyle fe fod yn fflachio'n barhaol,' meddai Gwawr. 'Rhaid ei fod e'n rhywbeth sy'n symud.'

Doedd Gwenda ddim wedi tynnu ei llygaid oddi ar y fan. Camodd yn gyflym at godiad tir gerllaw er mwyn gallu gweld yn well. Amneidiodd ar Olaf i ddod ati, a gwyliodd y lleill hi'n pwyntio at rywbeth, wrth iddi drafod rhyw nodwedd ar y tir gydag e. Daeth y ddau yn ôl at y lleill.

'Mae 'na olion ar y tir. Olion tyfu, lleiniau o ryw fath,' meddai Gwenda, heb ddangos unrhyw arlliw o gyffro ynghylch arwyddocâd ei geiriau.

Disgynnodd tawelwch dros y cwmni, a theimlodd Gwawr y blew ar ei gwar yn codi.

'Dwi'n credu ei bod hi'n ddiogel gweud nad cŵn sy'n garddio,' meddai Olaf yn ysgafn.

'Iawn,' meddai Cai. 'Beth am i ni droi rownd a mynd adre?'

'Ddim ar unrhyw gyfri,' meddai Gwenda. 'Os oes pobol 'ma, dwi am eu cyfarfod nhw.'

'Croeso i *ti* neud,' meddai Cai. '*Dwi*'n mynd adre.'

'Paid â bod yn ddwl,' meddai Gwawr. 'Dyma pam ry'n ni 'ma. I ddarganfod pethe, i wbod beth sy 'ma, *pwy* sy 'ma!'

'Ond dwyt ti ddim yn credu bod pobol 'ma, wyt ti?' meddai Olaf wrth Cai, gan wenu.

Yn lle ei ateb, anelodd Cai am y coed.

'Ma rhywun yn amlwg wedi newid ei feddwl,' meddai Olaf.

'Cai!' gwaeddodd Gwawr, a dechrau dilyn ei ffrind.

'Gad iddo fe,' meddai Gwenda. 'Fydd e fawr o dro'n

cyrraedd 'nôl i'r dre, a falle bod hi'n eitha syniad i rywun aros yno i wylio'r lle nes dychwelwn ni.'

Gwyliodd Gwawr ef yn croesi'r wal fechan i mewn i'r goedwig, cyn i'r tywyllwch ei lyncu.

*

Chwarddodd Cai wrtho'i hun: roedd Gwawr bob amser yn hoffi rhoi'r argraff ei bod hi'n ddewrach nag e, ond roedd hi mor hawdd ei dychryn go iawn. Gallai ei weindio hi fel troi sgriw, a gwneud iddi wylltio gydag e mor hawdd. Byth er pan oedd y ddau ohonyn nhw'n ddim o beth, roedd hi'n fwy o hwyl nag unrhyw degan.

Y gwir amdani oedd nad oedd e'n bwriadu dychwelyd adre o gwbl. Gwneud dŵr yn y coed, a bachu i lawr ar eu holau, gwneud i Gwawr deimlo'n ffŵl eto fyth am swnio mor bryderus yn ei gylch. O, roedd hi'n hawdd tynnu arni! A'r nonsens 'pobl' 'ma! Roedden nhw'n gweld olion ym mhob man ac ym mhob dim, a dim golwg o bobl go iawn yn unman. Roedden nhw wrth eu boddau'n dychryn ei gilydd, dyna'r gwir amdani.

Trodd i wynebu'r goeden i anelu ei lif dŵr ati, gan wenu wrtho'i hun. Gorffennodd, a chlymu'r rhaff a ddaliai ei drowsus amdano.

Yr eiliad nesaf, aeth pobman yn ddu, wrth i rywbeth-rhywun osod sach dros ei ben.

4

'BWGAN BRAIN,' MEDDAI Gwenda, ac edrychodd y lleill yn rhyfedd arni.

'Bwgan be?' holodd Gwawr, gan archwilio'r postyn a'r metel tenau disglair ar ei ben.

'Brain. Brân. Math o aderyn,' meddai Gwenda. 'Rhaid bod ti wedi gweld llun brân mewn llyfrau ar yr Ynys. Tua'r un maint â gwylan ond yn ddu,' ychwanegodd, heb ennyn fawr o ymateb: hi'n unig o'r criw a welodd wylan erioed.

'I hela ofan ar y barcud, ma'n rhaid,' meddai Olaf. 'Mae 'na rywun wedi bod yn plannu hadau.'

Teimlodd Gwawr ias o ofn yn rhedeg i lawr ei hasgwrn cefn. Edrychodd o'i chwmpas ar y lleiniau syth ar y gwastadedd, a'r twmpathau bach yn dyfiant gwyllt drostynt bellach, heb fawr o ôl tyfiant dan reolaeth fel oedd ym mhlanigfeydd yr Ynys. Craciai'r pridd yn wythiennau trwchus dan ei thraed.

Edrychodd Olaf o'i gwmpas am olion eraill. Syllodd draw at y coed, a dilynodd Gwawr ei edrychiad. Roedd darnau bach o adeilad i'w gweld drwy'r canghennau deiliog mewn sawl man. Wrth syllu'n agosach, gwelai ei fod yn adeilad go fawr, neu fod sawl adeilad yno, wedi eu gorchuddio yn eu gwisgoedd gwyrdd arferol, wrth gwrs, ond yn ffurfiau geometrig pendant a ddynodai olion hen wareiddiad.

Rhaid bod ymdrech wedi bod i dyfu cnydau yma ar lawr y dyffryn, ac mai'r cyfan oedd ar ôl oedd amlinell doredig hen gaeau, a'r postyn a'r metel yn disgleirio yn yr haul.

'Ma'r rhain yn olion diweddar,' barnodd Gwenda am y lleiniau. 'Dy'n nhw ddim yn gant ac ugain oed, galla i fentro gweud 'ny.'

'Tebycach i flwyddyn neu ddwy,' meddai Olaf.

Camai Freyja'n betrus ar hyd ymylon y gwastadedd lle roedd y lleiniau, hithau hefyd wedi sylwi ar yr adeiladau y tu hwnt i'r coed, tua thri chan metr i ffwrdd.

'Bydd rhaid mynd draw i weud helô rywbryd,' cynigiodd Olaf. 'Wa'th iddi fod yn heddi ddim.'

Doedd Gwenda ddim mor siŵr. 'Ac os ydyn nhw'n elyniaethus, fe fydd hi ar ben arnon ni'n syth.'

'Heblaw Cai,' meddai Gwawr, gan dytian: yr hen fabi mawr ag e. 'A do's dim siâp ar hwnnw i achub pryfyn.'

Wrth iddi ddweud hynny, daeth llun i'w meddwl o Cai yn trechu'r ci a ymosododd ar Gunnar, druan, na lwyddodd i gyrraedd pen y daith gyda nhw. Ofer fu ymdrechion Cai i achub Gunnar rhag y ci, a theimlodd Gwawr frath o gydwybod wrth feddwl am ddewrder Cai, ac am gorff Gunnar yn naear Cymru ar y ffin.

Cynigiodd Gwenda eu bod nhw'n anelu am gysgod y coed, rhag cael eu gweld allan ar y gwastadedd. O'r fan honno, fe fydden nhw mewn sefyllfa well i wylio'r adeilad, ac unrhyw fynd a dod ohono o bosib. A hynny heb gael eu dal.

*

'Caja-lwg!' gwaeddodd rhywbeth.

'Hei!' gwaeddodd Cai a chwifio'i freichiau'n ynfyd, cyn teimlo rhywbeth yn gafael amdanynt yn gryf. Dwylo. Yn clymu ei ddwylo y tu ôl i'w gefn.

Pobl yn unig oedd â dwylo. Pobl yn unig oedd yn siarad. Doedd Cai erioed wedi gweld pobl heblaw ei bobl ef, nid rhai byw, dim ond lluniau. Feddyliodd e erioed y gwelai bobl heblaw ei bobl ef. Doedd dim pobl ar ôl, dyna roedd e bob amser wedi'i gredu. Ddim yn y rhan hon o'r byd. Ond dyna oedden nhw: pobl.

'Pw ffach is ti?' meddai'r rhywbeth-rhywun â'r dwylo, a theimlodd Cai ofn fel pelen o blwm yn gwasgu ar ei berfedd. Rhywun, nid rhywbeth.

'Pwy y'ch chi?!' gwaeddodd Cai o dan y sach. Methodd guddio'r cryndod yn ei lais.

Cafodd ei wthio yn ei flaen gan un o'r rhai y tu ôl iddo. Gallai deimlo dau arall, un bob ochr iddo.

'Cer ffach!'

'Ble chi'n mynd â fi?' gwaeddodd Cai.

Rhaid bod tri neu bedwar ohonyn nhw, gan eu bod yn siarad â'i gilydd o'i gwmpas. Ni ddeallai Cai air a barablent wrth ei gilydd, ond roedd hi'n amlwg eu bod wedi cyffroi drwyddynt.

'Is nois, is not siarad,' meddai un wrth ei fraich chwith. 'Is not-peth is trw.'

Roedden nhw'n ei fartsio i lawr y bryn. Ni wyddai Cai ai i gyfeiriad Aberystwyth neu i ryw gyfeiriad arall roedden nhw'n mynd. Cafodd gymaint o fraw pan roddwyd y sach ar ei ben fel na allai feddwl yn iawn. Lleisiau gwrywaidd oedd dau neu dri ohonyn nhw, ac un yn fwy benywaidd. Teimlai'n sicr fod rhyw anghytundeb, gan fod yna natur gynhenllyd i un neu ddau o'r lleisiau.

'Shyrryp, Wotsi, shyrryp, is trw is ti pwrs ffach!' meddai'r llais benywaidd.

'Ger-i-mwf-on!' cyfarthodd y dyn. 'Is slo is ti, twp ffach!'

Hanner baglodd Cai dros y tir anwastad wrth gael ei wthio o'r tu ôl. Bwytai'r rhaff am ei arddyrnau i mewn i'w gnawd, a theimlai ei war yn chwyslyd o dan y sach drom. Ai dyma fyddai diwedd y daith iddo? Ar ôl mil a hanner o filltiroedd, cael ei hel fel ci gwyllt i'w ladd gan lwyth o ddieithriaid nad oedd e wedi credu yn eu bodolaeth nhw? Daeth ysfa arno am gael gweld Gwawr. Un waith...

Yna, roedd e'n gweiddi mewn poen pan ddisgynnodd yn drwm ar ei ben-glin wrth fethu camu dros garreg yn ei ddallineb.

'Tyn! Tyn!' gwaeddodd y llais benywaidd yn daer wrth ei glust chwith. 'Is non gwel is non gwel, is bad, tyn Wotsi, tyn sac!'

Sac? meddyliodd Cai... ai 'sach' oedd e'n ei ddweud? A oedd yna iaith gyffredin yma yn rhywle? A'r 'tyn' yna. Oedd y bod dieithr yma wrth ei ysgwydd chwith yn siarad rhyw ffurf ar Gymraeg? Falle ei fod e'n cyfeiliorni'n llwyr, ond teimlodd Cai ei hun yn mygu wrth feddwl mai dyma'r bont roedd e'n chwilio amdani, y bont tuag atyn nhw, iaith gyffredin, iddo allu ymbil, plis plis peidiwch â'n lladd i!

'Sach!' ailadroddodd Cai gan weiddi. 'Tynnu sach!'

'E?' meddai un o'r lleisiau gwrywaidd. 'E? Sei? Sei sac. Sei sac. Ffach, is fe sei sac!'

'Sei sac?' meddai'r llais benywaidd, wedi anghofio'i chweryl am y tro. 'Is sei sac? Wotsi, is fe sei sac?'

'Sei sac, mi clyw, mi clyw! Ffach, is sei sac!' meddai llais un o'r lleill.

'Tyn tyn,' meddai'r llais benywaidd. 'Tyn sac! Wotsi, tyn sac!'

A'r eiliad nesaf, roedd y sach am ben Cai yn cael ei thynnu, a daeth wyneb yn wyneb â'i gipwyr. Pedwar ohonyn nhw, tri dyn, ac un arall na allai ddweud yn iawn ai dyn neu ddynes oedd e neu hi.

'Ffach!' meddai un o'r dynion a rhythu arno, fel pe na baen nhw wedi edrych yn iawn arno pan gafodd ei ddal gyntaf.

'Ffach,' meddai perchennog y llais benywaidd. 'Ffach, is dyn.'

'Is trw is dyn, Anil,' meddai'r dyn talaf, nad oedd cweit mor dal â Cai. Roedd y lleill gryn dipyn yn fyrrach nag e.

'Is trw,' ategodd yr un â'r llais benywaidd.

'Is trw is trw,' meddai'r dyn a oedd wedi bod yn ffraeo gyda'r llais benywaidd.

Gwisgai'r tri dyn wregys go denau o groen am eu canol, ond fel arall roedden nhw'n noeth, a'u cyrff wedi'u gorchuddio â haen o bridd neu saim neu ryw fath o faw. Gwisgai'r llall groen at ei gesail. Disgynnai gwallt y pedwar yn gaglau at eu hysgwyddau a chariai dau o'r dynion bicelli tebyg i'r rhai oedd gan Freyja. Roedd cadwyn drom o liw aur am wddf yr un â'r llais benywaidd, a darn o fetel sgleiniog ar ei gwaelod, a phatrwm arno. Roedd Cai'n adnabod y patrwm. Llun afal oedd e. Yr un afal ag a welsai ar betryalau metel ar yr Ynys. Camodd ymlaen i edrych yn agosach ar yr afal, iddo gael dweud ei fod yn ei nabod, a chodi pont arall…

Ond cododd un o'r dynion ei bicell a'i phwyntio tuag at fol Cai. Anghofiodd Cai am yr afal ar amrantiad a gostwng ei ben mewn ystum o ufudd-dod. Ceisiodd chwilio yn ei feddwl am rywbeth y gallai ei ddweud neu ei wneud i'w cadw nhw rhag ei frifo, i ddangos iddyn nhw nad oedd e'n bwriadu unrhyw ddrwg iddyn nhw drwy fodoli.

Cofiodd am y sach. Amneidiodd ati, yn llaw'r un â'r llais benywaidd.

'Sach,' meddai.

Cododd hwnnw'r sach.

'Sac. Ie is, is sac.'

Gwnaeth Cai ystum â'i ben: 'Tynnu sach,' meddai.

'Ie is,' meddai'r dieithryn, 'tyn sac, is trw.' Yna, pwyntiodd ato'i hun: 'Is mi Anil,' meddai.

'Is mi Cai,' mentrodd Cai.

Gwelodd wyneb y dynion yn synnu, yn tynhau, a dechreuodd y tri chwerthin fel pethau ynfyd. Dechreuodd Anil arni wedyn, ar ôl oedi am eiliad fach. At ei gilydd, roedd Cai'n falch mai chwerthin yn hytrach na ffrwydro mewn cynddaredd wnaethon nhw, ond byddai'n well ganddo pe na baen nhw wedi chwerthin cymaint hefyd. Doedd dim stop arnyn nhw. Ymhen dim roedden nhw'n gwneud synau udo a chyfarth a chwerthin drwy'r cwbl.

'Cai! Ha is not cai!'

'Is Cai, is trw, is siarad!' meddai un arall, cyn cyfarth dros y lle.

Gwawriodd ar Cai mai 'ci' oedd ystyr 'cai' yn iaith y rhain. Dechreuodd gyfarth, a chwarddodd y pedwar yn uwch, a nodio'u pennau.

'Is trw, is cai!'

Dechrau da, barnodd Cai. Nawr 'te, pa mor barod oedden nhw i adael iddo fynd yn ei flaen, dweud ta-ta ac anelu ei drwyn am adre: diolch fechgyn, braf eich gweld chi, lot o sbort, tan tro nesaf 'te…

Camodd yn ôl, gan wenu'n serchog. Ond yr eiliad nesaf, roedd y dyn â'r bicell wedi gafael ynddo, a'r lleill wedi rhoi'r gorau i chwerthin. Tyrrodd y pedwar o'i gwmpas, a gosododd un o'r dynion y cwcwll yn ôl amdano. Falle mai fe oedd y dyn a gâi ei alw'n gi. A falle'i fod e wedi gwneud iddyn nhw chwerthin lond eu boliau.

Ond yn amlwg, doedden nhw ddim yn barod i'w ryddhau eto.

5

O GWR Y goedwig, lle roedd y pedwar wedi bod yn llechu ers hanner awr dda, gallent weld yr adeilad, ac adeiladau eraill o'i gwmpas, rhai ohonyn nhw'n ddim mwy nag adfeilion, wedi hen fynd â'u pen iddynt, a'r gwyrddni'n tyfu drwyddynt.

Gallent weld bod pobl wedi bod yno. Roedd drws yn y wal agosaf atyn nhw wedi ei gadw'n glir o'r tyfiant dros weddill y wal, a llwybr wedi'i gadw'n glir rhwng y prif adeilad a gweddillion hen ffordd, o'r hyn y gallent ei weld o'r coed. Nadreddai'r llwybr i'r gorllewin o'r adeilad, drwy brysgwydd a llwyni ar y gwastadedd ar waelod y dyffryn.

Gorweddai cae mawr agored yn llawn o ryw fath o wair tal rhyngddyn nhw a'r adeiladau. Doedd dim golwg o neb yn unman. Gwthiai'r haul drwy'r brigau uchaf gan beintio llawr y goedwig yn batrymau llachar, byw. Symudodd Gwawr fodfedd er mwyn golchi ei hwyneb yn ei wres.

Cofiodd Gwawr am yr hyn roedd hi wedi'i ddarllen yn Nyddiadur Mam Un.

'Ma'r Dyddiadur yn sôn am bentref hir ag enw dierth.'

Enw Saesneg na allai ei gofio, a choleg neu sefydliad o ryw fath lle roedd Mam Un wedi treulio haf yn cyfrif pennau gwenith fel rhan o'i hastudiaethau cyn iddi feddwl am symud i'r Ynys.

Wrth feddwl am yr Ynys, dechreuodd Gwawr feddwl tybed sut roedd ei mam-gu erbyn hyn. Daeth dŵr i'w llygaid yr un mor sydyn ag yr aeth y darlun ohoni drwy ei phen. Ceisiodd beidio â thynnu sylw ati ei hun yn sychu'r dagrau. Tybed a oedd ei mam-gu yn dal yn fyw…?

Ers talwm, byddai Mam Un wedi gallu defnyddio un o'r pethau oedd ganddyn nhw i gadw mewn cysylltiad â'i gilydd ym mhob rhan o'r byd. Teclyn bach mewn llaw, un o'r pethau â llun yr afal arnyn nhw, neu fathau eraill mwy o faint oedd yn sownd wrth weiar ac yn gweithio rhywbeth yn debyg i drydan. Doedden nhw ddim wedi trafferthu mynd ar ôl y dechnoleg honno ar yr Ynys. Roedd pawb yn byw o fewn tafliad carreg i'w gilydd ta beth. Ond o! na fyddai ganddi un o'r teclynnau bach yn awr, er mwyn gallu siarad â'i mam, ei brodyr, ei thad… a'i mam-gu. Roedden nhw i gyd mor bell, yn union fel pe na bai'r un ohonyn nhw'n bodoli rhagor.

Deufis fel môr anferth rhyngddyn nhw – na, nid 'fel'. Môr anferth oedd y deufis rhyngddyn nhw, a waeth iddo fod fel y ffin rhwng byw a marw am a wyddai Gwawr. Ni allai ond gobeithio. A hiraethu.

'Dy feddwl di'n bell,' meddai llais Gwenda wrth ei hymyl.

'Braidd.'

''Nôl ar yr Ynys?'

'Meddwl am Mam-gu,' cyfaddefodd Gwawr.

Gwenodd Gwenda arni. 'Un dda yw dy fam-gu.'

Diolchodd Gwawr iddi yn ei phen am ddefnyddio'r amser presennol.

Yr eiliad nesaf, roedd Freyja'n chwibanu. Trodd Gwenda ati ar unwaith. Gallent weld gwallt golau Freyja yn uwch i fyny ar hyd llinell y coed.

'Pedwar…' meddai, wrth i'r tri arall ei chyrraedd, cyn cywiro'i hun, 'na, pump i gyd.'

Teimlodd Gwawr y cynnwrf yn clymu yn ei bol. Pwy oedd y rhain? Doedd hi erioed wedi gweld pobl eraill o'r blaen. Neb ond nhw eu hunain. Doedd yr un ohonyn nhw wedi gweld neb ond Ynyswyr. A dyma nhw, fil a hanner o filltiroedd o'r Ynys, yn dod wyneb yn wyneb â phobl na wyddent ddim oll am eu bodolaeth.

'Arfau?' holodd Gwenda.

'Anodd gweud,' meddai Freyja. 'Bydd rhaid iddyn nhw ddod yn agosach.'

'Am yr adeilad mwya maen nhw'n dod,' meddai Olaf.

Camodd Freyja allan o gysgod y goedwig. 'Rhyw fath o hen blas…'

'Gofalus,' rhybuddiodd Gwenda.

Yn sydyn, roedd Freyja wedi troi'n ôl am y coed ac wedi dechrau dringo coeden. 'Dwi'n siŵr fod sach am ben un,' meddai wrth estyn am gangen uwch ei phen.

Aeth ias drwy Gwawr. Nid cyfeillion felly, nid pobl gyfeillgar. Ddim os oedden nhw'n rhoi sachau am bennau ei gilydd.

'Carcharor?' awgrymodd Olaf.

Trodd Gwawr at y goeden nesaf at yr un roedd Freyja

wedi ei dringo, a gafael yn ei changen isaf. Tynnodd ei choes i fyny at ei chanol i ddringo'n uwch a bustachodd i wneud yr un peth â'r goes arall. Bu bron iddi lithro, a daliodd ei hun gerfydd ei braich oddi ar gangen.

'Bydd yn ofalus, er mwyn dyn!' sibrydodd Gwenda drwy ei dannedd.

Roedd hi'n haws codi i ganopi'r dderwen. Syllodd Gwawr i gyfeiriad y criw dieithr. Bellach gallai weld pump o bobl, tri yn amlwg yn ddynion, ac un arall nad oedd hi'n siŵr ai dyn neu ddynes oedd e neu hi, a dwy bicell gan ddau o'r dynion, yn gwarchod pumed person, a oedd â sach am ei ben. O'i llwyfan uchel yn y goeden, gallai weld yn well y wisg fechan am ganol pob un, ond roedd yr un â'i ben yn y sach yn gwisgo trowsus, tebycach i'r hyn roedden nhw'n ei wisgo, a rhyw fath o grys…

Rhedodd arswyd drwy ei gwythiennau.

'Na!'

'Shsh!' rhybuddiodd Gwenda. 'Fe glywan nhw!'

'Cai yw e,' meddai Gwawr, a chodi ei llaw at ei cheg rhag iddi sgrechian. '*Cai* yw e! Yr un â'r sach am ei ben!'

6

Clywodd Cai haearn yn crafu yn erbyn haearn, a sŵn traed ar lawr caled. Cafodd ei wthio gerfydd ei ysgwyddau i mewn i'r stafell. Dynodai lleisiau ei gipwyr ei bod hi'n stafell fawr, neu'n stafell uchel yn bendant. Stafell wag. Cofiodd Cai am adlais ogof yr Ynys.

'CaiaGwawr,' meddai'n llipa er ei waethaf. Ond nid oedd yn ddigon uchel i adleisio ar hyd waliau ei garchar.

'Cer, is cai cer,' cyfarthodd un o'r dynion y tu ôl iddo, ac yna'n ddistawach ymhlith ei gilydd: 'Is no mi on col.'

'Is no mi,' meddai dyn arall a'r ddynes. 'Is Anil on col wan.'

'Is trw, is Anil on col. Ho fforg i Anil.'

Clywodd Cai yr haearn yn crafu eto, ac yna tawelwch. Bu'n gwrando'n hir cyn gwybod i sicrwydd ei fod e'n clywed sŵn anadlu. Roedd un ohonyn nhw yno'n ei wylio.

'Oes 'na obaith ga i dynnu'r sach?' holodd ymhen hir a hwyr. 'Mae'n gythrel o boeth dani.'

Clywodd sŵn y llall yn symud yn aflonydd, ond ni nesaodd ato. Aeth munudau heibio cyn i Cai roi cynnig arall arni. Cofiodd ei fod wedi llwyddo i gyfathrebu digon â nhw i roi ei enw. Rhaid bod elfennau o iaith gyffredin rhyngddyn nhw, geiriau unigol. Cai oedd eu gair nhw am 'ci', yn ôl pob tebyg. Dyna oedden nhw wedi'i feddwl, mae'n rhaid, yn ôl y synau cyfarth ac udo. Ai rhyw lurguniad ar y Gymraeg oedd eu hiaith nhw?

Ac eto, ni ddeallodd air arall, ar wahân i 'sac'. Rhaid bod elfennau cyffredin, ond roedd 'na elfennau cyffredin rhwng y rhan fwyaf o ieithoedd. Cyd-ddigwyddiad yn unig oedd 'sac' mae'n siŵr, meddyliodd yn ddiflas.

Cofiodd am Gwawr yn sôn am Ddyddiadur Mam Un, am y dyddiau cyn y Diwedd Mawr. Roedd llawer o bobl o Loegr yn byw yng Nghymru, felly Saesneg fyddai'r ail iaith yn y dyddiau hynny. Ai Saesneg oedd gweddill yr hyn a siaradai'r rhain? Rhyw gymysgedd o'r ddwy iaith oedd wedi goroesi?

Doedd Cai ddim yn deall gair o Saesneg. Wnaeth hi ddim goroesi fel iaith ar yr Ynys, er gwaethaf yr holl ddeunydd papur oedd yna yn y Llyfrgell. Roedd tri chwarter y llyfrau yn Saesneg, ac roedd ei dad a sawl un arall, Gwenda a mam Gwawr yn eu plith, yn gyfarwydd iawn â darllen Saesneg. Ond iaith llyfrau oedd hi, iaith farw, rhywbeth roedd ambell un ar yr Ynys yn ei astudio, nid pawb. Am y tro cyntaf yn ei oes, dechreuodd Cai ddifaru nad oedd e'n fwy academaidd.

'Is mi Cai,' mentrodd eto gyda'r geiriau a oedd wedi ennyn y fath ymateb ynddyn nhw allan ar ochr y bryn. Arhosodd am y chwerthin.

Ond ni ddaeth. Clywodd y llall yn symud yn aflonydd eto, heb nesu dim. Eisteddodd Cai'n lletchwith, gan bwyso yn erbyn y wal: roedd ei freichiau'n ddiwerth yn eu rhwymau y tu ôl i'w gefn. Ystyriodd ei opsiynau.

Gallai redeg yn ddall gan obeithio llorio'r un oedd yn

ei wylio: cofiai mai rhai byr oedd y rhain. Gallai fod yn lwcus…

Ond gwyddai y byddai picell gan yr un arall, un o'r picelli a welsai ganddyn nhw pan dynnwyd ei sach, y bicell a'i trywanodd yn ysgafn yn ei ystlys i wneud iddo symud. Barnodd mai drwy siarad yn unig y gallai wneud cynnydd. Doedd 'na'r un ffordd arall. Ceisiodd gofio'r sgwrs pan dynnwyd y sach.

'Sac,' meddai. 'Tyn sac.'

Gallai dyngu ei fod e wedi clywed y llall yn tynnu gwynt. Rhaid ei fod e wedi taro'r hoelen ar ei phen. Rhyw hoelen. Rhyw ben.

Ymhen eiliadau, clywodd sŵn yr haearn yn crafu wrth i'r llall agor y drws. Dyma dy gyfle di, Cai, meddyliodd. Anelu am y sŵn, mynd drwyddo i ryddid! Ceisiodd godi ar ei draed drwy bwyso'i ddwylo yn erbyn y wal.

O ble daeth y sŵn? O'i ochr chwith, doedd dim dwywaith am hynny. Cerddodd yn simsan i'r chwith, gan geisio teimlo aer y tu allan, gwres yr haul ar ei groen, unrhyw beth a ddynodai fwlch yn y wal.

Yna, roedd ei droed wedi taro wal, a'r ysgytwad wedi bod yn ddigon i wneud iddo gwympo yn ei herbyn. Gwaeddodd wrth i'r boen saethu ar hyd ei droed ac i fyny ei goes.

Byddai wedi gwneud rhywbeth am gael Gwawr yno, i'w alw'n fabi.

Ac roedd sŵn yr haearn yn crafu eto…

'No, is ros, ros ma, is no cer!'

Llais addfwyn oedd e. Llais yn pledio, nid llais yn

gorchymyn. Llais benywaidd dwfn, nad oedd yn fawr mwy na sibrwd. Yr Anil a gyflwynodd ei hun iddo y tu allan pan dynnwyd y sach, yr Anil na allai Cai ddweud ai hi neu fe oedd e neu hi.

Roedd llaw ar ei fraich yn ei helpu i godi, a llaw arall yn gafael yn ei law yntau. Teimlodd hi'n fach ar ei fysedd. Gallai ogleuo gwynt ei groen, bron yn annifyr, yn ei ffroenau, gwynt dwfn pridd a chroen yn gymysg.

Pwysodd Cai yn ôl yn erbyn y wal. Clywodd Anil yn cau'r drws eto, ac yn gosod rhywbeth ar lawr wrth ei ymyl, rhyw fath o lestr yn ôl y sŵn a wnaeth. Teimlodd y chwys yn rhedeg ar hyd ei dalcen o dan y sach, a llyncodd i geisio gwlychu rhywfaint ar ei geg. Os mai llestr, tybed a oedd e'n cynnwys…

'Dŵr,' meddai Anil, a chlywodd Cai y llestr yn rhuglo ar hyd y llawr anwastad wrth i'r llall ei wthio i'w gyfeiriad.

Llamodd calon Cai. Gallai fod wedi crio. Gallai fod wedi gweiddi mewn gorfoledd. Dyma bont bendant, nid elfen debyg, ond gair pendant. Estynnodd ei ddwylo tuag at y llall – rho fe i fi! Rho ddŵr i fi! Teimlodd y llestr ar flaen ei fysedd wrth i'r llall ei estyn tuag ato, a chodi cwr y sach.

Ei fysedd deimlodd y dŵr gyntaf, ar ymylon y llestr. A'i wefusau wedyn.

Cymerodd Cai y llwnc mwyaf bendigedig iddo ei flasu erioed, llwnc a oedd yn fwy bendigedig byth am fod y gair amdano'n gyffredin rhyngddo a'r dieithryn. Edrychodd Cai y tu hwnt i gwr y sach a thu hwnt i'r llestr a gweld rhoddwr y dŵr.

'Dŵr,' ailadroddodd Cai wrth Anil, a gwenu nes tynnu dagrau i'w lygaid. 'Dŵr!'

*

Teimlodd Cai bicell yn gwthio i'w ystlys.

'Ce-ce-ce-cer!' gorchmynnodd y dyn a'i prociodd, fel pe bai'n gyrru haid o gŵn.

Roedden nhw wedi dod i'w gyrchu i rywle arall, sawl un ohonyn nhw, yn ôl eu sŵn. Ceisiodd Cai brysuro'i gerddediad. Ond roedd e wedi blino bellach, er gwaetha'r dŵr a gafodd gan Anil. Roedd e wedi tynnu'r sach oddi am ben Cai iddo'i chael hi'n haws yfed, a chawsai Cai gyfle i astudio pryd a gwedd ei garcharor.

Roedd rhywbeth bachgennaidd yn yr ysgwyddau a'r gwddf cryfion. Eto i gyd, gwisgai groen a orchuddiai ei frest, yn wahanol i'r lleill, ac roedd y gadwyn aur a'r petryal metel yn ei wneud yn wahanol hefyd: doedd yna'r un addurn yn agos at wisg y lleill. Roedd ei lais yn addfwyn, a chroen ei freichiau'n llyfn. Pan ddaliodd lygad Anil uwchben y gair 'dŵr', gair a'u clymai dros foroedd a blynyddoedd, teimlai fod Anil hefyd wedi teimlo'r un cyfaredd ag yntau. Roedd e wedi gwenu'n ôl arno, a'r ddau wedi ailadrodd y gair drosodd a throsodd, wrth i Cai lowcio'r hylif blasus nes gwagu'r ddysgl.

Ond chawson nhw ddim llawer o gyfle i fwynhau'r gair cyn i'r fintai swnllyd hon gyrraedd i'w hysio oddi yno. Roedden nhw'n fwy milain, a'u picelli bellach yn fwy hy, wrth weld nad oedd ganddo bwerau goruwchnaturiol efallai, er gwaetha'r ffaith ei fod e ben ac ysgwydd yn dalach na'r talaf ohonyn nhw.

Bradychodd llygaid tywyll Anil ofn, neu gywilydd efallai, pan glywodd y lleill yn nesu at y drws gwichlyd. Ac roedd e wedi codi o'i gwrcwd a gwthio'r llestr i'r cysgodion, ac wedi tynnu'r sach i lawr am ben Cai yn ddiseremoni cyn i'r lleill ymddangos.

Cafodd Cai ei hyrddio yn ei flaen. Roedd pob un o'r fintai fel pe baen nhw am fanteisio ar y cyfle i'w wthio: er mwyn gallu dweud eu bod nhw wedi cyffwrdd â'r estron. Hawdd y gallen nhw, meddyliodd Cai, a finnau'n gaeth dan sach a 'mreichiau wedi'u clymu. Pe bai'n gallu cael ei ddwylo'n rhydd, fyddai e fawr o dro yn trechu'r corachod.

Cofiodd am y picelli, a barnu mai cydymffurfio oedd orau am y tro.

Roedden nhw wedi dod i mewn i adeilad arall bellach. Un nad oedd yn swnio fel pe baen nhw mewn ogof. Gallai deimlo crwyn o dan ei draed, a phren. Tŷ? Adeilad mwy cysurus na'r gragen roedd e ynddi cynt, yn bendant, yn ôl yr acwsteg. Clywai leisiau o bell yn ogystal â'r rhai o bobtu iddo. Sibrwd, mwmian. Cyffro. Doedd dim dwywaith amdani, roedd e'n bwysig.

Byddai'n well ganddo pe bai e wedi cael bod yn bwysig gyda Gwawr wrth ei ochr, barnodd. Byddai hyn, byddai pob dim, yn haws pe baen nhw ill dau yn y picil hwn gyda'i gilydd. Ble roedd hi?

Fe fydden nhw'n dychwelyd adre cyn nos. Fe fydden nhw'n

gweld ei fod e ar goll. Fe fydden nhw'n olrhain eu camau yn gynharach yn y dydd. Fe fydden nhw'n...

Beth fydden nhw'n ei wneud? Daeth ofn dros Cai. Ofn go iawn, am y tro cyntaf ers i'r bobl yma ei ddal. Roedd rhan fach o'i feddwl wedi credu na fyddai'n hir cyn i'r lleill ymddangos, cyn i Gwawr lamu at ei ochr a gwneud pob dim yn iawn unwaith eto. Trwy siarad, yn fwy na thrwy ymladd – onid oedd ei geidwad wedi dangos iddo nad anwariaid bwystfilaidd oedd y rhain i gyd? Yn un peth, roedden nhw'n siarad yr un iaith. Neu ffurf arni, doedd dim dwywaith.

Cyn iddo allu meddwl ymhellach, roedd y sach wedi'i chwipio oddi ar ei ben. Edrychodd Cai o'i gwmpas, heb anadlu. Wrth i'w lygaid arfer â'r olygfa, treiddiodd llais dwfn awdurdodol drwy'r lleisiau eraill i gyd, gan eu distewi ar amrantiad.

'Shyrryp!'

O'i flaen yn y stafell fawr roedd tyrfa o tua ugain neu fwy wedi ymgasglu ar hyd ochr y wal allanol lle roedd ffenest yn edrych allan dros lawr y dyffryn. Gwelai fod sawl un o'r cwarelau wedi eu gorchuddio â phren, ond yn y lleill roedd y gwydr yn gyfan. Gwelodd hefyd, wrth edrych o'i gwmpas, fod pob ffenest arall wedi ei bordio.

Gwisgai'r bobl grwyn amdanynt, fel y rhai a'i cipiodd. Sgerti o grwyn am eu rhannau isaf, a dim ond un neu ddwy o'r menywod a orchuddiai eu bronnau. Tyfai gwalltiau'r menywod a'r dynion fel ei gilydd yn gylffau caglog am eu pennau ac i lawr dros eu hysgwyddau. Yr un olwg dywyll, ynfyd oedd yn llygaid pob un ohonyn nhw, a'r un oedd lliw gwalltiau pob un fwy neu lai: brown tywyll fel eu llygaid. Bron nad oedd hi'n amhosib i Cai wahaniaethu rhwng un a'r llall. Yr un haen o faw oedd ar eu crwyn, brown yr haul a brown y pridd a pha fudreddi bynnag arall roedden nhw'n arfer ymdrybaeddu ynddo.

Ar y llawr pren, gorweddai pedwar neu bump o grwyn. Crwyn cŵn yn ôl pob golwg. Amrywiaeth o liwiau a bridiau, yn wahanol iawn i'r bobl unlliw a rythai arno, pob un yn ddieithryn.

Ym mhen pellaf y stafell, eisteddai perchennog y llais a oedd wedi gorchymyn distawrwydd drwy'r stafell, ar hen soffa ar blatfform o gerrig. Doedd e ddim i'w weld yn ddim gwahanol i'r rhes o bobl eraill. Yr un llygaid du, yr un gwallt tywyll caglog, a'r un cerpyn lledr amdano. Bochiai stwffin yr hen soffa allan ohoni mewn mannau. Wrth ymyl yr orsedd, ysgyrnygai ci main ar dennyn wedi'i glymu wrth ddolen haearn a folltiwyd wrth un o ddistiau'r llawr.

'Ôôôôl!' gorchmynnodd y dyn ar ei orsedd.

A symudodd y chwe dyn â'r picelli gam yn ôl oddi wrth Cai. Teimlodd Cai ei hun yn anadlu'n fwy rhydd wrth iddyn nhw symud, a diolchodd i'r dyn yn ei ben.

Ble roedd ei wyliwr gwreiddiol, meddyliodd Cai. Ble roedd Anil? Ni feiddiodd dynnu ei lygaid oddi ar y dyn gorseddog i weld a oedd Anil yn sefyll gyda'r lleill a'u picelli o bobtu iddo, neu a oedd e gyda'r bobl eraill a safai wrth y wal.

'Pw ffach is ti?' cyfarthodd y dyn ar yr orsedd, gan edrych i'w gyfeiriad.

Mentrodd Cai ateb yr hyn a feddyliai oedd yn gwestiwn yn yr unig ffordd y gallai feddwl am ei ateb: 'Is mi Cai.'

Y tro hwn, ni ddaeth smic o sŵn gan neb. Rhyfedd sut roedd cynulleidfaoedd yn amrywio, meddyliodd Cai. Rhaid bod gan y teyrn hwn reolaeth lwyr ar y llwyth.

'Is Cai,' ategodd y dyn. Yna, pwyntiodd at y ci main wrth ei ymyl, ac ailadrodd: 'Is cai fyd.'

Wedyn, roedd e wedi troi at y rhes o bobl a chodi ar ei draed a'i freichiau yn yr awyr fel pe bai'n eu harwain: 'Ha ha ha ha!' rhuodd. A deallodd y bobl yn raddol mai chwerthin roedden nhw i fod i'w wneud hefyd. Yn betrus, dechreuodd y rhes chwerthin yn stiff ar orchymyn eu harglwydd neu frenin neu beth bynnag oedd e. A beth bynnag oedd e, roedd hi'n amlwg mai ar fod yn ddigrifwr gorau'r byd roedd ei fryd.

Teimlodd Cai ei chwe gwarcheidwad yn chwerthin bob ochr iddo, a gwelodd eu picelli'n crynu wrth iddyn nhw gystadlu â'i gilydd i weld pwy oedd yn gallu chwerthin fwyaf.

Yna, roedd y teyrn wedi troi ato, a'i freichiau'n amneidio arno yntau hefyd i chwerthin. Teimlodd Cai ei hun yn ildio i'w orchymyn, a meddwl ar yr un pryd nad oedd dim yn teimlo'n wirionach na chwerthin pan oedd rhywun yn teimlo leiaf fel chwerthin. Eto i gyd, po fwyaf o esgus chwerthin a wnâi, hawsa'n y byd oedd chwerthin, a chwerthin go iawn ar hynny.

Tu mewn, teimlai fel pe bai'n colli ei bwyll. Dyma fe, o bosib iawn yn wynebu ei dranc, yn chwerthin lond ei fol.

Diolch byth, ymhen rhai eiliadau, roedd y teyrn wedi

rhoi'r gorau i arwain, ac ar amrantiad wedi tynnu ei freichiau ar draws yn siarp i roi stop ar bob smic.

'Shyrryp!' gorchmynnodd, cyn troi at Cai: 'Biwio ti?' gofynnodd.

Byw?

'Biwio ti?' gwaeddodd y teyrn yn uwch, gan feddwl, yn amlwg, fod uchder y sain yn dyfnhau deall. Camodd tuag at Cai'n fygythiol. 'Biwio ti?'

Wrth ddeall bod yn rhaid iddo ymateb rywsut, amneidiodd Cai dros ei ysgwydd, a phwyntio draw.

'Draw'n bell,' meddai. 'Dwi'n dod o draw'n bell.' Gobeithiai ei fod yn ateb y cwestiwn a bod gan y teyrn ryw syniad am be oedd e'n siarad.

'Dod o,' ailadroddodd y dyn. 'Dod o...?'

Amneidiodd Cai dros ei ysgwydd eto, draw'n bell, bell. Sut roedd cyfleu mil a hanner o filltiroedd?

Oedodd y dyn i ystyried am eiliad, fel pe bai'n ceisio penderfynu a oedd e'n deall Cai ai peidio. Ond neidiodd ei feddwl i gyfeiriad arall. Camodd yn agosach eto at Cai, ac ysgwyd ei wallt yn ôl o'i wyneb fel nad oedd e'n disgyn lawr o flaen ei ysgwyddau, ac fel y gallai Cai weld ei fol.

'Is byt?' cyfarthodd wedyn.

Gwthiodd y dyn ei stumog allan o'i flaen a rhedeg ei ddwylo dros ei fol. Sylwodd Cai pa mor denau oedd y dyn: anodd oedd gweld hynny y tu ôl i'r gwallt a'r budreddi. Trodd i edrych ar y bobl eraill, a gwelodd eu bod nhw'n deneuach byth. A oedd y dyn yn gofyn os oedd ganddo fwyd?

'Byt!' rhuodd y dyn, a chwyddodd corws cefndirol o gyfeiriad y wal i'w ategu. 'Byt! Byt! Byt!'

Cododd Cai ei ddwylo – doedd ganddo ddim byd a allai ddiwallu eu hangen am fwyd. Camodd y dyn yn agosach eto, nes ei fod o fewn pellter cyffwrdd i Cai pe bai'n estyn ei fraich. Roedd e droedfedd dda yn fyrrach na Cai, ac efallai mai hynny oedd yn ei atal rhag dod yn rhy agos, er bod chwe dyn a chwe phicell yn glwstwr o amgylch Cai pe bai hwnnw'n gallu diosg ei rwymau a mentro codi bys at yr unben-gomedïwr.

Estynnodd y dyn ei fys allan a chyffwrdd yn un o asennau Cai. Wedyn, roedd e'n codi ymyl ei grys ac yn pwyso'i fys i'r cnawd oddi tano, i ystlys Cai, ac yn codi llodrau ei drowsus i wasgu'r cnawd uwch ei figwrn.

Sylweddolodd Cai beth roedd e'n wneud. Doedd gan Cai ddim bwyd iddo, nag oedd. Ond fe wnâi Cai bryd o fwyd ynddo'i hun.

'Marw fe!' meddai'r dyn, gan edrych i fyw llygaid Cai, a dechreuodd y siant unwaith eto wrth i'r arweinydd arwain y gynulleidfa.

'Marw fe! Marw fe! Marw fe!'

7

CACHGWN, MEDDYLIODD ANIL. Haid o gachgwn, yn dilyn pob sill a ddôi o enau Bwmbwm yn ddigwestiwn. Pe bai hanner owns o ddewrder yn perthyn i'r un ohonyn nhw, fe fydden nhw wedi ymosod ar y criw o ddieithriaid o'r diwrnod cyntaf un, pan sylwon nhw eu bod nhw yn y dref. Ond doedden nhw ddim yn ddigon dewr i wneud hynny.

Pump o estroniaid oedd yna. Ac roedd ugain ohonyn nhw, heb gyfri'r plant. A phicelli a bwâu a saethau diddiwedd: go brin fod gan y rhain fwy na phicell yr un.

Roedd eu gwylio nhw am sawl diwrnod wedi llenwi Anil ag edmygedd o allu'r bobl i edrych ar ôl eu hunain, i hela llygod mawr a'u coginio. Ac roedden nhw'n siarad â'i gilydd mewn iaith gymhleth, nad oedd hi'n swnio'n herciog fel eu hiaith nhw, a oedd heb eiriau am gymaint o bethau, am gymaint o brofiadau, am gymaint o deimladau.

Roedden nhw'n gwneud pethau â'r darnau o bapurau a llyfrau, yr holl rai o'r rheini oedd wedi eu gadael ar ôl, a 'run o'r Ni yn deall dim ar y patrymau oedd arnyn nhw. Gallai'r estroniaid hyn eu dilyn, â'u trwynau ynddyn nhw am oriau bwygilydd, ac edrych ar linellau gwahanol liw ar bapur arall yn y lle roedden nhw'n byw, yn amlwg yn dirnad rhyw ystyr yno.

Cawsai Anil olwg dda arnyn nhw ar ei ffordd adre ar ôl gorffen ei shifft wedi iddi dywyllu un noson. Trwy ffenest y tŷ: welodd neb mo Anil yn llechu yn y cysgodion. Dyna lle roedden nhw yn siarad â'i gilydd yng ngolau'r tân dros y llun o'r llinellau lliw ar yr hen bapur, yn rhedeg eu bysedd ar eu hyd.

Cynnau tân oedd unig ddefnydd y Ni ar gyfer yr hen garpiau tenau roedden nhw wedi dod ar eu traws yn y dref.

Ddywedodd Anil ddim wrth ei gyd-ysbïwyr na'i benaethiaid ei fod wedi gweld yr estroniaid yn mynd i mewn i'r adeilad anferth ar y rhiw, ac yn dod allan ohono â llond eu breichiau o bapur a llyfrau. Pe baen nhw'n gwybod, fe fydden nhw'n mynd yno ac yn dwyn pob darn o bapur oddi yno i'w losgi. Doedd Anil ddim am weld hynny'n digwydd, ddim â'r rhain yn amlwg yn cael cymaint o fwynhad a dealltwriaeth o beth bynnag oedd y patrymau yn ei ddweud wrthyn nhw.

Roedd gan Anil lun. Doedd e ddim yn batrwm. Yr afal ar ei frest: roedd e wrth ei fodd â'r metel a ddarganfu o dan y llawr yn un o'r adeiladau allan lle y treuliodd gymaint o'i blentyndod cynnar. Ond y llun o'r afal oedd y peth pwysig. Roedd hwnnw mor annwyl iddo â'r patrymau yn y llyfrau i'r estroniaid. A'r gadwyn aur, roedd honno'n rhyw fath o batrwm hefyd. Ond dal yr afal yn agos ato oedd ei phwrpas a'i gwerth.

Roedd Anil wedi blasu afal go iawn pan oedd yn ifanc. Ei fam oedd wedi ei roi iddo, yn dawel bach pan oedd y ddau ohonyn nhw'n chwilio drwy'r pentref hir am fwyd. Gwelsai goeden yng ngardd un o'r tai ar gyrion y pentref hir, ac afalau bach crynion yn tyfu ar ei changhennau, ymhell o olwg y prif lwybr. Roedd e wedi dychwelyd yno droeon i flasu'r pethau bach sur. Ac i gofio am ei fam.

A nawr, roedd gan Anil lun o'r afal i fynd gyda'r llun o'i fam yn ei ben.

Hi oedd yr unig un a oedd wedi gwneud i Anil deimlo fel person o gig a gwaed. Roedd eraill wedi'u geni'n 'wahanol' – ambell un heb fraich neu goes, neu heb lygad yn nhwll ei lygad dde fel Twtsyn, neu heb glust, dim ond dau dwll bob ochr i'w ben fel Stocs – ond doedden nhw ddim yn cael eu gwneud i deimlo'n esgymun. Gallai Anil gofio rhai o'r plant yn ei wawdio – y 'not-peth ffach'. Crynodd wrth gofio'r gwawd. Crynodd wrth gofio Mam.

Rhaid bod gan Cai fam. Yn bod, neu wedi bod. A falle'i fod e hefyd yn crynu wrth ei chofio.

Roedd rhywbeth mawr o'i le ar y Ni os oedden nhw'n ystyried lladd yr estron hwn am y tipyn cig oedd ar ei esgyrn. Gwyddai Anil mai diffyg bwyd oedd yn gyfrifol am eu hanallu i weld y creadur newydd fel bod dynol, ond doedd e ddim yn barod i ddilyn y dyrfa a galw am ei ladd. Doedd bywyd Anil ddim yn werth llawer os na allai achub yr estron, barnodd.

Chwyddodd sŵn y dyrfa yn ei glustiau o'i gwmpas: 'Marw fe! Marw fe!'

Daliodd Anil lygad y dyn a oedd wedi dweud 'dŵr' a gweld pwll dwfn o ofn: roedd hi'n amlwg fod Cai yn deall yn union beth roedden nhw'n ei ddweud.

*

Wrth weld chwech o bobl â phicelli'n hebrwng Cai i'r adeilad mawr, roedd yr Ynyswyr wedi cropian ar eu pedwar drwy'r gwair tal, gyda Gwenda ar y tu blaen, a Freyja a'i phicell yn y cefn rhag i neb ymosod arnyn nhw o'r tu ôl.

Cyn cyrraedd wal un o'r adeiladau allan, sylwodd Gwawr ar griw o bobl, hyd at ddwsin ohonyn nhw, yn tyrru at y prif adeilad o'r cyfeiriad arall. Bron na adawodd yr un o'r pedwar Ynyswr iddyn nhw eu hunain anadlu. Ymhen eiliadau a deimlai fel oes, cododd Gwenda ei llaw i'w cymell i symud eto wedi i'r bobl fynd i mewn i'r adeilad. Bu bron i Gwawr ddrysu gan ofn wedyn pan glywodd y drws haearn i'r adeilad roedd Cai wedi cael ei arwain ohono i'r adeilad mawr yn agor yn wichlyd, ac un ohonyn nhw'n dod allan ohono.

Doedd e ddim fel y gweddill. Neu hi, barnodd Gwawr wrth fentro sbecian drwy'r gwair. 'Hi' oedd hi, yn ôl addfwynder yr wyneb. Ond 'fe' yn ôl cadernid cyhyrog yr ysgwyddau a'r breichiau. Petrusodd wrth y wal, fel pe bai'n ceisio meddwl beth i'w wneud. Cariai ddysgl wag, ac roedd cadwyn ddisglair am ei wddf a phetryal metal yn sownd wrthi.

Gwyliodd y pedwar e'n nesu at adeilad mawr y plas fel pe bai arno ofn mynd i mewn. Yna, fe dynnodd anadl ddofn a chamu dros y trothwy.

O'r tu ôl i'r wal wrth yr adeiladau allan, clywodd yr Ynyswyr sŵn yn dod o'r plas: sŵn chwerthin, tyrfa o bobl yn chwerthin, yn mynd ymlaen ac ymlaen. Ceisiodd Gwawr feddwl beth oedd yn achosi'r fath chwerthin – rhywbeth ynglŷn â Cai yn bendant, gan mai ef fyddai'r rheswm dros eu galw ynghyd, mae'n rhaid.

Os oedden nhw'n chwerthin, meddyliodd Gwawr, falle eu bod nhw'n bobl ddigon cyfeillgar. Ond gwyddai, wrth feddwl, nad oedd hynny'n dal dŵr: gallai fentro mai sarhau Cai fyddai achos y chwerthin. Yna, clywodd lais mawr bygythiol, er na allai glywed y geiriau'n iawn.

Nawr amdani, meddyliodd, ac edrychodd ar Gwenda. Heb fentro siarad, cododd ei haeliau: Wel? Ydyn ni'n mynd i wneud hyn neu beth? Os oedd Cai i mewn yno, rhaid oedd ei achub o ba drwbwl bynnag roedd e ynddo.

Yna, dechreuodd y bobl y tu mewn lafarganu. Clustfeiniodd Gwawr, ond doedd y geiriau ddim yn glir.

'Bydd rhaid inni fynd yn agosach,' sibrydodd Freyja.

Ond cyn i'r un ohonyn nhw allu rhoi cam arall, roedd drws y plas wedi agor a chriw yn dod allan drwyddo i gyfeiliant y siantio. Dyma nhw'n gorymdeithio, a Cai yn y canol rhyngddyn nhw, yn ôl i'r adeilad lle roedd e wedi bod. Amneidiodd Gwenda â'i llaw iddyn nhw gilio o'r golwg y tu ôl i'r wal, rownd ochr yr adeilad carreg roedd Cai'n cael ei arwain tuag ato, yr hen ysgubor neu feudy, beth bynnag oedd e, lle cafodd ei gadw yn gyntaf. Daeth sŵn cyfarth ar draws y siantio aneglur.

A'i chalon yn curo'n orffwyll yn ei brest, gweddïodd Gwawr na ddoi neb rownd ochr y wal a'u gweld. Clywodd sŵn haearn yn crafu ar agor a gwichian ar gau, a gwyddai fod sŵn cyfarth y ci'n dod o'r tu mewn i'r adeilad bellach.

Yna, newidiodd y sŵn: chwyrnu roedd y ci nawr, nid

cyfarth. Ac ar amrantiad, daeth yn glir i Gwawr beth roedd y bobl yn ei lafarganu.

Marw fe! Marw fe! Marw fe!

*

Gwelodd Cai y gorffwylltra yn llygaid y creadur, a chiliodd ymhellach i gysgod y gornel. Chwyrnai'r anifail arno, heb symud am y tro. Ond gwyddai Cai na fyddai'n hir cyn llamu.

Teimlodd Cai'r chwys yn oer ar ei asgwrn cefn. Ni fu erioed gymaint o ofn arno. Roedd y bwystfil wedi cyrcydu, yn barod i neidio, yn union fel y ci a ymosododd ar Gunnar.

Ond doedd dim carreg yn agos nawr i'w thaflu. Roedd y dynion wedi'i gau yn yr adeilad gyda'r ci, ac roedd y ci'n mynd i'w ladd. Gallai Cai weld y poer yn hongian o weflau'r anifail, a'r dannedd wedi eu dinoethi'n barod i suddo i'w gnawd. Ci main, ond cyhyrog, gyfuwch â chanol Cai ar hyd ei gefn. A safn lydan ddanheddog yn barod am waed.

Aeth blynyddoedd ar wib drwy feddwl Cai, fel pe bai ar fin marw. Difarodd nad oedd ei ffrind gorau yn y byd yno gydag e ar y diwedd fel hyn. Un peth oedd yn waeth na marw oedd marw ar ei ben ei hun. Aethai'r dynion oddi yno, wedi ufuddhau i orchymyn y pennaeth, ond heb awydd gweld beth fyddai'n digwydd iddo chwaith: a oedd hynny'n arwydd nad oedden nhw mor greulon â'u harglwydd? Doedd neb wedi'i wthio'n galed, na gosod eu picell arno wrth gerdded o'r adeilad mawr i'r fan hon.

Nid oedd Cai am oedi i feddwl ynglŷn â chyflwr meddyliol

y rhai oedd yn ei gadw'n gaeth, er iddo sylwi nad oedd y gwyliwr gwreiddiol, yr un â'r llygaid dwfn, Anil, ymhlith y rhai a'i harweiniodd yn ôl yma.

Yr hyn na ddeallai Cai oedd pam na fyddai'r pennaeth wedi gorchymyn i'w filwyr ei ladd yn lle gadael i'r ci wneud. Os mai ei ladd i'w fwyta oedden nhw, onid oedd gadael i'r ci gael cegaid ohono yn golygu cegaid yn llai i'r bobl? Pa fath o ynfytyn oedd yn arwain y llwyth cyntefig hwn? Roedd hi'n berffaith amlwg fod ganddo fwy o feddwl o'i gi na'i bobl. Am eiliad, ystyriodd Cai y byddai'n well ganddo feddwl amdano'i hun yn bryd o fwyd i bobl nag i gi.

Ymwrolodd. Doedd e ddim am fod yn bryd o fwyd i neb na dim: rhaid oedd meddwl am ddihangfa.

Edrychodd o'i gwmpas. Roedd yr adeilad fel cragen wag, a dim ond wal noeth yn ymestyn hyd at y to. Roedd bylchau yn hwnnw a roddai gipolwg iddo ar awyr las. Ond roedd y wal garreg yn llawer rhy uchel iddo ei dringo. Fe gymerai hynny ormod o amser cyn i'r bwystfil lamu amdano.

Aeth hyn oll drwy ei feddwl mewn eiliad. Hyn oll a mwy. Cofiodd am ei fam a'i dad, am Seimon bach, am Morten ei dad-cu, ac am Gwawr. Gallai ei theimlo hi'n agos, er ei fod yn gwybod y byddai'n ôl yn y dref bellach, yn pendroni lle gallai e fod. Ac erbyn iddyn nhw ddod yn ôl i chwilio amdano, byddai wedi hen gael ei larpio gan y ci, a gweddillion ei gnawd wedi'i rannu rhwng y llwyth.

Roedd golwg lwglyd ar yr anifail. Diferai ewyn gwyn o'i safn gan lanio'n llawn swigod ar y llawr garw.

Cofiodd Cai sut y trawodd y ci a ymosododd ar Gunnar

yn farw â charreg. Heb dynnu ei lygaid oddi ar y creadur, estynnodd ei law allan y tu ôl iddo i deimlo'r wal am garreg rydd, am unrhyw beth y gallai ei ddefnyddio fel arf.

Dim byd.

Cofiodd am fferm gŵn ei dad-cu, ac ysfa'r cŵn cyn iddyn nhw gael eu bwyd yn eu gwneud yn beryglus. Roedden nhw'n gallu gwynto cnawd, meddai ei dad-cu wrtho: 'Paid â sefyll yn rhy agos. A phaid â mentro tynnu dy lygaid oddi ar eu llygaid nhw, fe fyddan nhw'n sicr o fynd am dy wddf di os gwnei di hynny.'

Roedd Morten, ei dad-cu, yno gyda Cai, yn siarad yn ei ben, yn union fel pe bai e'n ôl ar y fferm. 'Heria nhw gyda dy lygaid i ddangos pwy yw'r meistr.'

Cyrcydai'r ci yn is, ar fin llamu amdano, pan wichiodd y drws haearn ar agor gan dynnu ei sylw. Roedd dwy haen o haearn yn cau'r bwlch, ac roedd Anil wedi tynnu'r un uchaf ar agor fel bod ei wyneb i'w weld, ond roedd y rhan waelod yn dal yn ei lle. Trodd y ci ei ben, wedi ei ddrysu braidd gan y sŵn, ac yntau ar fin llamu tuag at ei ysglyfaeth.

'Cer o 'ma!' gorchmynnodd Cai pan welodd ben Anil yn y bwlch. 'Cer, cyn iddo fe dy ladd di hefyd!'

Syllai'r llygaid tywyll ar y ci mewn ofn. Roedd yr anifail wedi troi ei sylw yn ôl at Cai wrth weld bod haen o haearn rhyngddo a'r llall.

'Dangos iddo pwy yw'r meistr...' meddai Morten ym mhen Cai.

Cododd Cai ar ei draed, heb dynnu ei lygaid oddi ar ddau lafn llygaid y ci. Yn araf bach, chwyddodd ei hun i'w lawn faint. Daliodd ei freichiau allan o bobtu iddo a'i ddyrnau ar gau.

'Wedyn, fe alli di ddechre ennill ei hyder e. Defnyddia bopeth sy 'da ti…' Cofiodd Cai eiriau Morten. 'Llygaid. Yn llinyn di-dor rhyngoch chi. Fe a ti. Dwed wrtho yn dy ben dy fod ti am fod yn ffrind iddo. "Fi yw dy ffrind di, fi yw dy ffrind di", dwed e, sibryda fe, iddo fe gael dy glywed di. Mae e'n clywed yn dda. Sibryda fe, "Fi yw dy ffrind di, fi yw dy ffrind di." A chofia drechu dy ofn. Mae e'n gallu gwynto ofn. Rhaid i ti beido gwynto o ofn…'

'Fi yw dy ffrind di,' dechreuodd Cai siarad â'r ci. Daliodd hwnnw i chwyrnu, ond ciliodd ofn Cai ychydig wrth weld nad oedd e'n llamu. 'Fi yw dy ffrind di,' sibrydodd eto. Syllai i fyw llygaid y ci, lle roedd y drws hanner agored wedi taflu digon o olau dydd iddo weld y lliwiau ynddyn nhw.

Siaradodd Morten gydag e eto. 'Pan wyt ti'n ei weld e'n llacio, cama ato fe, nid yn fygythiol, ond yn bwrpasol. A chofia beidio â bod ofn, cofia nad oes dim yn well gan gi na blas ofn.'

Anadlodd Cai yn ddwfn ac yn hir, 'Fi yw dy ffrind di', a chamu'n nes at y ci.

Gwelodd y blew ar gefn y ci yn sythu a'r ewinedd ar flaenau ei bawennau'n tynhau. Eiliad sy gen i, meddyliodd Cai. Mae hi ar ben!

'Dy ffrind di…' sibrydodd eto.

Yna, ymhen eiliadau, sylwodd ar gyhyrau'r ci'n llacio'n raddol. Teimlodd Cai yr ofn yn ei adael fel gwynt o olwyn beic wrth i'r tensiwn yn yr anifail lacio. Teimlai'n gryf, yn anorchfygol, ond rhythai i lygaid yr anifail o hyd. Tawodd y chwyrnu, llyfodd y ci ei weflau, a rhoddodd y gorau i ysgyrnygu. Camodd Cai yn agosach eto. Gwyrodd y ci ei ben, a llithrodd ar ei eistedd ar ei goesau ôl. Hongiai ei dafod allan bellach, ac anadlai'n gyflym. 'Fi yw dy ffrind di,' daliai Cai ati i sibrwd.

Fe oedd â'r llaw uchaf bellach. Plygodd o flaen y ci, ac estyn ei law'n ofalus. Gallai'r bwystfil ei llarpio mewn eiliadau. Ond daliai i syllu ar Cai, gan suddo'n is ar ei goesau blaen nes ei fod yn gorwedd gerbron Cai, yn ei wylio. Diddordeb oedd yn ei lygaid bellach, gallai Cai dyngu, nid archwaeth am fwyd.

Rhwbiodd Cai ei drwyn, gan ddal i sibrwd yn dawel. Mentrodd estyn yn uwch a rhwbio talcen y ci, a'i ben. Estynnodd Cai tuag ato fel bod ei freichiau am ben y ci.

'Fi yw dy ffrind di. Wna i ddim dy fradychu di.'

Daeth Anil i mewn yn betrus, yn methu credu ei lygaid yn iawn. Estynnodd ffrwyn i Cai, tennyn i osod am ben y ci rhag iddo ailfeddwl.

Ni allai Cai feddwl pwy oedd wedi ei anfon yno, a'r ffrwyn yn ei law. Ai Anil ei hun oedd wedi penderfynu ceisio ei achub? Roedd rhywbeth am y person a'i gwnâi'n chwilfrydig i ddysgu mwy amdano. Rhyw ddyfnder, rhyw swyn, y llygaid yna…

Gosododd Cai y ffrwyn yn ofalus am ben y ci. Doedd gan hwnnw fawr o ots bellach. Gorweddai'n fodlon fud ar ei hyd.

Estynnodd Cai ei law allan i gyffwrdd â llaw Anil.

'Diolch.'

8

G WELODD GWAWR y cyfan drwy'r twll yn y to.

Pan sylweddolodd yr Ynyswyr fod bywyd Cai yn y fantol, greddf gyntaf Freyja oedd rhuthro i'w achub, ac roedd Gwawr yn cytuno. Methai fyw yn ei chroen wrth ddychmygu croen Cai yn cael ei rwygo rhwng dannedd y ci milain.

'Pwyll pia hi,' cynghorodd Gwenda er hynny, gan astudio wal yr adeilad hyd at y to. 'Mae gen i syniad gwell. Freyja…'

Ond roedd Gwawr wedi darllen ei meddwl, a'i dwylo eisoes yn chwilio am gerrig da i dynnu ei hun i fyny'r wal gerfydd ei dwylo. Roedd hi'n ddringwraig hyderus. Cofiai ddringo'r creigiau uwchben y dref ar yr Ynys yn yr haf pan oedd yr eira wedi cilio. Sawl gwaith bu bron â disgyn wrth geisio dod o hyd i ddarn bach o graig i afael ynddo er mwyn tynnu ei chorff i fyny ar hyd yr wyneb llyfn.

Ar ôl cyrraedd y to, bu ond y dim â gwthio'i hun drwy'r twll, ond oedodd wrth glywed llais tawel Cai i lawr ymhell oddi tani. Roedd e'n siarad â'r ci, yn ei swyno â'i si, yn ei ddofi.

Gwyliodd Gwawr drwy sbecian rownd ymyl y twll, yn barod i ddringo drwyddo ac i lawr at ei ffrind. Fel angen gwarcheidiol, meddyliodd. Beth wnaet ti hebdda i, Cai?

Mwythodd garreg Mam Un yn ei phoced, heb fentro anadlu'n iawn.

Ond roedd y ci'n ddof bellach, a'r un â'r gadwyn fetel am ei wddf wedi dod i mewn ac wedi gosod ffrwyn am ei geg i'w arwain oddi yno.

Clywodd Gwawr lais Gwenda oddi tani y tu allan i'r adeilad yn sibrwd yn uchel i'w chyfeiriad: 'Dere lawr!' Rhaid ei bod hi wedi clywed sŵn y drws haearn yn gwichian ar agor wrth i'r dieithryn fynd i mewn at Cai.

Ufuddhaodd Gwawr a glaniodd wrth ymyl y tri yn y drain a'r prysgwydd y tu ôl i wal yr adeilad, ond roedd hi'n grac hefyd fod Gwenda wedi gorchymyn iddi ddod i lawr.

'Beth am y ci?' holodd Olaf.

'Lwcus bod Cai'n un da am wybod sut i drin cŵn,' meddai Gwawr. 'Diolch i Morten a'i fferm.'

'Shsh,' meddai Olaf, a chlywodd yr Ynyswyr leisiau yr ochr arall i'r adeilad. Tawodd y pedwar. Rhaid bod milwyr yn gwylio'r drws yr ochr arall.

'Awn ni i'w achub e wedi nos,' sibrydodd Gwenda.

Gallai Gwawr weld o'r cysgodion hir a daflent ar y ddaear y tu ôl i'r adeilad na fyddai'n hir iawn cyn iddi nosi.

'Pam ddim nawr?' holodd Gwawr yn ddistaw.

'Rhy beryglus. Pedwar yn erbyn ugain. Un bicell. 'Sdim gobaith,' barnodd Gwenda.

'Beth os meddylian nhw am ffordd arall o'i ladd e?'

'Fe fydden nhw wedi'i ladd e erbyn hyn pe baen nhw'n benderfynol o wneud,' meddai Gwenda.

Doedd Gwawr ddim mor siŵr. Pa fath o anwariaid oedd

yn cau ci newynog ynfyd mewn sgubor gyda bachgen diniwed fel Cai nad oedd ganddo'r un bwriad cas tuag at neb?

'Pwyll!' sibrydodd Gwenda'n bendant, a gwyddai Gwawr nad oedd unrhyw ddiben dadlau.

*

Aeth Anil yn ôl eto yn y nos. Jos oedd yn gwylio'r adeilad – ar yr ochr allan i'r drws rhag i'r estron ei swyno fel yr hudodd y ci. Dywedodd Anil wrtho y cymerai ei le wrth y drws, ac roedd Jos yn ddigon parod i roi'r gorau i'w shifft unig.

Codi ei aeliau a wnaeth Bwmbwm pan ddychwelodd Anil â'r ci yn ei benffrwyn a dweud wrtho fod Cai wedi dofi'r anifail, wedi ei roi i gysgu fwy neu lai. Ofnai Anil y byddai'n mynd ati ar unwaith i ddyfeisio rhywbeth gwaeth i'w wneud i Cai, ond roedd yn benderfynol o argyhoeddi Bwmbwm nad oedd dim byd ond lles i'w gael o gadw Cai yn fyw.

Doedd Anil ddim am godi ei wrychyn yn ddiangen. Er nad oedd wedi teimlo llach Bwmbwm ar ei waetha, doedd e ddim am demtio ffawd. Ond roedd yn rhaid iddo wneud rhywbeth.

'Is Cai is pen, is pen da,' meddai Anil wrth Bwmbwm ar ôl disgrifio'r orchest gyda'r ci. Nid cryfder bôn braich oedd wedi dofi'r ci, ond dyfais, clyfrwch, doethineb. 'Is da i ni, is da i ni ffindo byt, is trw.'

Gallai Cai eu helpu i ddod o hyd i fwyd, i wella'r clefyd ar y cnydau. Rhywun doeth fel Cai a allai eu harwain allan o'r newyn. Gwelodd fod Bwmbwm yn cnoi cil ar hyn. Yna, roedd e wedi gorchymyn i Wotsi gau'r ci yn ei stafell ac wedi dweud wrth Anil am adael iddo feddwl am y peth.

Roedd Anil wedi troi i adael pan alwodd Bwmbwm ar ei ôl: 'Ffind byt, is trw. BYT!'

Oedodd Anil ar hanner cam. Ond beth…?

'Iff mi sei marw – is marw, is trw?'

'Is trw,' ildiodd Anil. Gair Bwmbwm fyddai'n ben. Gobeithiai Anil â'i holl enaid y llwyddai Cai i wneud rhywbeth i leddfu eu newyn, ac achub ei groen ei hun ar yr un pryd.

Gosododd Anil y ffagl yn erbyn y wal gerrig, ac eistedd gyferbyn â Cai. Pe bai'n cymryd drwy'r nos, meddyliodd, roedd e'n benderfynol o egluro pethau i Cai, ac yn fwy pwysig fyth, o wybod beth oedd hanes Cai: o ble roedd e wedi dod? Pa iaith oedd e'n siarad, gyda'r geiriau tebyg, yr un geiriau weithiau? Dŵr. Faint mwy oedd yn debyg rhyngddyn nhw? Y pethau gwahanol, y pethau tebyg. Rhain oedd y pethau roedd Anil am siarad amdanyn nhw.

'O blân,' dechreuodd, ac amneidio dros ei ysgwydd, 'O blân is dau.' Cododd ddau fys.

Parablodd Cai rywbeth i gadarnhau, ac ysgwyd ei ben yn frwd.

Cododd Anil ar ei draed, a gosod llaw wastad hanner ffordd rhwng ei ben-glin a'i ben-ôl: sut roedd cyfleu plant bach? O'r blaen, roedd dau blentyn bach…

'Plant!' meddai Cai. 'Dau blentyn bach…'

'Is lôn, is alôn, no pobol, dau is lôn.'

Crychodd Cai ei dalcen. Roedd e'n trio'i orau, roedd

hi'n amlwg, ond doedd y bont ddim yno rhyngddyn nhw mwyach.

Anobeithiodd Anil. Sut roedd e'n mynd i allu egluro dechrau'r llwyth? Yr holl straeon a glywodd am y dechrau un, pan adawyd y ddau blentyn bach ar eu pen eu hunain wrth i'r rhai hŷn farw. A'r ffordd y goroesodd y ddau, ymhlith creaduriaid, ymhlith y llygod.

Gwnaeth ystum crud â'i freichiau, magu. 'Is rat is mam, ie? Is rat is drinc.'

Llaeth y llygod a roddodd fod i'r ddau fach. Doedd Anil ei hun ddim yn gymaint o grediniwr yn stori lythrennol eu creu fel llwyth: go brin y byddai'r llygod mawr wedi magu dau blentyn dynol. Ac wedi rhoi llaeth iddyn nhw. Rhaid eu bod nhw wedi goroesi rywsut, ond byddai'n gyfuniad o wyrthiau, a doedd gan Anil fawr i'w ddweud wrth y ffordd roedd y Ni yn addoli'r Llygoden Fawr.

'Rat?' Doedd Cai ddim yn deall.

Gwnaeth Anil ystum llygoden fawr, a phwyntio at y gynffon hir anweladwy oedd yn tyfu o'i ben-ôl. Roedd Cai fel pe bai e'n dechrau deall mai am ryw greadur roedd Anil yn sôn.

'Ni,' meddai Anil, ac agor ei freichiau i gyfleu 'pawb ohonon ni'.

'Ni,' ailadroddodd Cai, fel pe bai e'n deall mai dyna oedd enw'r llwyth amdanyn nhw eu hunain. 'Ni.' Gwenodd ar Anil wrth estyn ei freichiau allan tuag ato: 'pawb ohonoch chi'.

'A ti?' gofynnodd Anil.

Goleuodd wyneb Cai. Roedd e wedi deall hyn eto. Amneidiodd Cai dros ei ysgwydd. Amser maith yn ôl, nodiodd Anil. Ond roedd Cai'n ysgwyd ei ben. Doedd e ddim yn meddwl bod Anil yn deall. Siaradai bymtheg y dwsin, ac ni ddeallai Anil air.

'Is slo, no siarad lot,' meddai, a gwneud ystum 'ara deg' ar Cai.

Deallodd hwnnw, a phwyllo.

'Bell bell i ffwrdd,' meddai Cai a phwyntio 'draw'.

Deallai Anil 'bell'.

'Bell,' ategodd.

'Dros y môr…'

Môr? Ffin popeth? Ac roedd hwn yn amneidio 'tu draw'. Doedd dim y tu draw i'r môr. Nid i bobl fyw. Môr oedd y pen draw. Awyr, haul, môr. Pen draw popeth byw. Bywyd yma, a marwolaeth oedd pen draw'r môr.

Ysgydwodd Anil ei ben, yn methu deall. Rhaid bod Cai'n drysu, neu fod rhywun wedi bod yn adrodd straeon fel straeon y Llygod Mawr wrtho. Nid un o'r meirw oedd Cai, wedi'r cyfan, nid rhywun a berthynai i dir y meirwon yr ochr draw i'r môr.

Draw i'r ochr arall yr aeth mam Anil. I'r fan honno roedd pawb yn mynd o'r fan hyn, yn ôl y llwyth, y Llygod Mawr yn eu cario nhw yr ochr arall i'r môr. Ond roedd Anil wedi gweld â'i lygaid ei hun nad Llygod Mawr oedd wedi bwyta ei fam, ond aderyn. Aderyn mawr du. Fe welodd Anil yr aderyn yn mynd dros y môr.

A nawr roedd hwn yn cadarnhau'r cyfan, straeon yr hen rai a stori ei lygaid ei hun. O'r ochr draw i'r môr roedd e wedi dod. Ai un o'r meirw oedd Cai felly? Estynnodd Anil ei law allan i gyffwrdd Cai yn ysgafn ar ei fraich. Na, roedd e'n bod. Nid lluniau yn ei ben fel pan gysgai, ond person o gig a gwaed. Pa fath o chwedl oedd hon roedd e'n ei byw? Teimlodd Anil ei ben yn troi.

Roedd Anil wedi gweld ei chorff. Yn waed drosto ar ôl geni ei frawd bach. Ac roedd y lleill wedi dweud bod y llygod wedi mynd â hi. Ond gallai Anil daeru mai aderyn aeth â hi. Falle'i fod e wedi drysu. Roedd cymaint o amser ers hynny, ac Anil yn ansicr erbyn hyn beth oedd yn wir a beth oedd yn chwedl. Ac roedd cymaint o chwedlau'n wir, a'r gwirionedd, gwirionedd ei lygaid ei hun, ei fam, ei frawd, y gwaed, yr aderyn, yn ddim byd ond niwlen dwyllodrus yn chwarae â'i ben.

Aderyn neu lygod, roedd Cai'n brawf o ryw wyrth, on'd oedd e? Falle'i fod e'n nabod ei fam...

'O'r bla'n,' dechreuodd Cai. O bla'n... 'O'r bla'n, ro'n ni,' a tharodd ei frest ei hun, 'fan hyn.'

A phwyntiodd at y llawr. Anadlodd Anil allan yn hir. Methai'n lân â deall beth roedd Cai'n ei ddweud: roedd e'n galw'i hun yn 'Ni'. Ond nhw, Anil a'r lleill, oedd y Ni.

Roedd Cai'n gwenu'n llydan arno, fel pe bai e'n deall pob dim. Yna, roedd e'n estyn ei law am law Anil. Gwenodd Anil yn ôl yn betrus.

'Anil, Anil, Anil,' meddai Cai drosodd a throsodd, a phlygu ymlaen i gofleidio'i gyfaill newydd.

'Cai, Cai, Cai,' ailadroddodd Anil, am ei bod hi'n edrych yn debyg mai dyna roedd e i fod i'w ddweud.

9

Roedd hi'n syndod gymaint roedd Cai wedi ei ddeall. Cofiodd am stori Romulus a Remus yn un o lyfrau'r Ynys, y modd yr adeiladwyd dinas Rhufain fawr, fel stori Feiblaidd Adda ac Efa. A dyma Anil nawr yn dweud mai dyma oedd dechrau'r llwyth hwn, dod o ddau blentyn. Doedd ryfedd fod eu hiaith yn od: rhyw gymysgedd o Gymraeg a Saesneg elfennol, plentynnaidd wedi esblygu dros genedlaethau.

Dau blentyn, wedi'u magu gan... beth? Gan ryw fath o greadur? Ai cynffon llygoden fawr roedd Anil wedi ceisio'i disgrifio? Doedd bosib! Ond falle mai dyna oedd y gred, beth bynnag oedd yn wir. A dyna'u gwirionedd nhw nawr.

Plygodd Cai tuag at Anil wedi iddo orffen egluro. Rhoddodd ei freichiau am ei war i ddiolch iddo, ac i ddangos ei fod e wedi deall.

'Anil,' meddai wedyn. 'Helpa fi.'

Roedd e'n dal i wenu, ond roedd e hefyd yn ymbil bellach. 'Helpa fi,' meddai eto. Ac ni allai ddweud a oedd Anil yn deall ai peidio. Daliai i syllu arno drwy'r llygaid tywyll lle roedd adlewyrchiad fflamau'r ffagl yn dawnsio'n aur.

'Help *ni*,' meddai Anil, fel pe bai'n anghytuno. 'Help *ni*.

Bwmbwm she ti help ni, is trw,' meddai gan bwyntio at Cai ac yn ôl ato'i hun.

Cododd Anil ar ei draed a rhwbio'i fol. Gwelwodd Cai. Sut ar wyneb y ddaear roedd disgwyl iddo fe roi bwyd yn eu boliau? Fe allen nhw ddechrau gyda'r ci, meddyliodd, ond roedd hi'n amlwg mai'r brenin, neu be bynnag oedd e, oedd bia hwnnw. A fyddai fawr o gig arno ta beth.

Gafaelodd Cai yn y ffagl, a daeth ofn i lygaid Anil.

'Der,' meddai Cai. 'Der gyda fi, ewn ni i weld lle ma Gwawr a'r lleill, awn ni'n dau, ac fe gawn ni weld beth allwn ni neud i helpu.'

Estynnodd Cai ei law allan at Anil, ond ysgydwodd hwnnw ei ben, yn gyndyn i ddianc. Sut roedd ei berswadio?

'Fi helpu ti,' meddai Cai, gan obeithio bod Anil yn deall. 'Ond rhaid i fi fynd 'nôl at y lleill. Der gyda fi, ac fe wnawn ni bopeth yn iawn.'

Gwasgodd law Anil, a'i dynnu'n ofalus i gyfeiriad y drws. Ond cyn iddyn nhw gyrraedd, roedd rhywun yn agor y drws o'r tu allan. Gwichiodd yr haearn, a chamodd yr arweinydd i mewn i'r adeilad.

Teimlodd Cai law Anil yn mynd yn llipa gan ofn.

'Sit!' bloeddiodd y brenin, gan gydio yn y ffagl o law Cai.

Eisteddodd Anil ar unwaith.

'Ies, Dada Bwmbwm,' mwmiodd yn wasaidd.

Bwmbwm, meddyliodd Cai, ai dyna oedd enw'r brenin? Swniai fel cytgan cân i blant bach.

'Sit!' bloeddiodd y brenin eto, nes bod Cai'n teimlo'i boer ar ei foch.

Deallodd Cai o barodrwydd Anil i eistedd mai gorchymyn i eistedd oedd hwn. Penderfynodd mai'r peth doethaf i'w wneud oedd ufuddhau.

Eisteddodd.

*

'Bridfa blanhigion,' sibrydodd Gwawr, gan godi ei phen o'r copi o'r Dyddiadur roedd hi'n ei ddarllen yng ngolau'r dortsh weindio. Roedd hi wedi gwthio'r dalennau a soniai am y rhan hon o'r wlad i'w hosan cyn dechrau ar y daith. 'Lle roedden nhw'n tyfu cnydau. O'n i'n cofio darllen bod Mam Un wedi bod yn gweithio 'ma, yn casglu a chyfri hadau.'

'Anhygoel!' rhyfeddodd Freyja. 'Lle ar gyfer hadau, fel y gronfa hadau ar yr Ynys! Am gyd-ddigwyddiad.'

'Ddim felly,' ystyriodd Olaf. 'Falle mai gweithio fan hyn arweiniodd at waith Rhian yn ein cronfa ni gartre. Fawr o gyd-ddigwyddiad felly. Dilyniant fyddwn i'n ei alw fe, canlyniad naturiol i gadwyn achos ac effaith resymegol.'

'Cau dy geg, Olaf,' meddai Freyja.

'Digon teg,' cytunodd Olaf, heb lyfu ei wefusau.

Yn y tywyllwch, roedden nhw wedi clywed y drws i'r adeilad yn gwichian yn swnllyd, a lleisiau tawel y tu mewn. Dim byd bygythiol. Dechreuodd Gwawr ddweud ei bod hi'n gobeithio nad oedd y llwyth yn anwariaid llwyr wedi'r cyfan wrth glustfeinio ar y lleisiau y tu mewn. Yr un dieithryn â chynt, roedd hi'n eithaf siŵr: y llais tawel, melfedaidd.

''Sneb yn gwbl anwaraidd,' dadleuodd Olaf. 'Mae 'na ffordd rownd i bawb.'

'Fe gofia i dy ffydd di pan fyddi di'n gwingo ar fla'n un o'u picelli nhw,' meddai Gwenda.

'Digon teg eilwaith,' meddai Olaf.

'Beth allwn ni gynnig iddyn nhw os cawn ni'n dal?' meddai Gwawr. 'Ma golwg denau iawn arnyn nhw.' Cofiodd am y milwyr a welodd yn cerdded o bobtu i Cai o'r plas. Rhai byr, budr a llwglyd yr olwg oedden nhw. 'Gallen ni gynnig bwyd iddyn nhw.'

''Sdim bwyd gyda ni,' meddai Gwenda.

Awgrymodd eu bod nhw'n dod o hyd i bethau a fyddai'n ddieithr i'r llwyth, offrymau o eitemau llachar o bosib. Ond cofiodd wedyn am y metel llachar oedd ar y postyn yn y cae: roedden nhw wedi arfer â phethau felly. Byddai digon o fetalau, llachar ac fel arall, yn weddill o'r dyddiau cyn y Diwedd Mawr yn y lle hwn. Gallai metel oroesi blynyddoedd mawr allan o afael y tywydd.

Cofiodd Gwawr am y garreg oedd yn ei phoced, y garreg a olygai gymaint iddi. Doedd hi ddim am awgrymu i Gwenda y câi hi honno i'w rhoi i'r llwyth yn gyfnewid am eu heddwch. Ond pe dôi'n fater o ddewis rhwng y garreg a Cai, wel…

Yn lle hynny, awgrymodd Gwawr y gallen nhw roi eitem o'u dillad, gan fod dillad y bobl a welodd yn llai trwsiadus na hyd yn oed y carpiau a wisgen nhw ar y cyfan.

'Dwi am gadw 'nillad i, diolch yn fawr,' meddai Olaf, gan dynnu ei grys yn dynnach amdano.

'Dyw Cai ddim yn bwysicach na dy grys di?' holodd Gwawr.

'Falle'i fod e'n werth pâr o sanau,' meddai Olaf ar ôl ystyried am eiliad. 'Un hosan yn bendant.'

'Ydyn ni'n mynd ag arfau?' holodd Freyja. Roedd hi wedi bod wrthi'n rhoi min ar ei phicell wrth i'r lleill ddarllen y map a'r copi o'r Dyddiadur yng ngolau'r dortsh.

'Falle'i bod hi'n werth dangos bod gyda ni rai,' ystyriodd Gwenda.

'Felly, fyddwn ni ddim yn dymuno heddwch llwyr iddyn nhw,' awgrymodd Olaf. 'Heddwch amodol. Ai dyna'r neges ry'n ni am ei chyfleu?'

Gwenodd Gwawr. Roedd Olaf yn tynnu'n groes er mwyn tynnu'n groes, fe dybiai, ac yn ceisio'i orau i fod yn ysgafn rhag i'w hofnau fynd yn drech na nhw.

'Fe af fi'n ôl at yr ateb dwetha rois i i ti,' meddai Gwenda. 'Fe gofia i'r ffydd sy gen ti ynddyn nhw pan fyddi di'n gwingo ar flaen un o'u picelli.'

'Gwna'n siŵr fod digon o fin ar honna,' galwodd Olaf ar Freyja.

10

Pan ddaeth Bwmbwm i mewn, credodd Cai ei bod hi ar ben arno. Ond estynnodd y brenin y clogyn croen ci oddi ar ei ysgwyddau a'i osod ar lawr. Gwnaeth ystum cysgu a sŵn chwyrnu er mwyn i Cai ddeall mai cynnig gwely o ryw fath roedd e.

'Bwmbwm gw-boi,' meddai pan welodd fod Cai wedi deall, yn union fel pe bai e'n chwilio am ganmoliaeth.

Dangosodd Cai iddo ei fod e'n ddiolchgar drwy wenu a phlygu ei ben yn ostyngedig, a gwenodd Bwmbwm yn llydan, yn falch iawn ohono'i hun. Daeth llygedyn o obaith i galon Cai fod yr unben lawn mor hapus yn cael ei ganmol ag oedd e'n gorchymyn i rywun gael ei ladd.

Ond yr eiliad nesaf, roedd melltith yn llygaid Bwmbwm wrth iddo bwyntio at Cai: 'Cai gw-boi fyd or…' a gwnaeth ystum sydyn ar draws ei wddf i ddangos beth fyddai tynged Cai os na fyddai'n gwneud yn ôl dymuniad Bwmbwm.

Yna, yn ei iaith ei hun, a thrwy ystumiau, llwyddodd i gael Cai i ddeall ei fod yn barod i arbed ei fywyd, cyhyd â bod Cai'n eu helpu. Roedd geiriau Anil am y dieithryn wedi argyhoeddi Bwmbwm, ac er nad oedd ei ymddygiad tuag at Anil fymryn yn llai sarhaus na'r arfer, diolchai Anil ei fod wedi gwrando arno o leiaf. A doedd Bwmbwm ddim wedi dweud wrtho am fynd er mwyn iddo gael siarad â Cai ar ei ben ei hun: cafodd Anil yr anrhydedd o wrando ar ei frenin yn ailadrodd yr hyn roedd e'i hunan wedi ei gynghori i'w wneud ychydig yn gynharach.

Ceisiodd Cai berswadio Bwmbwm i adael iddo fynd yn ôl at yr Ynyswyr, ac yna fe gaen nhw i gyd helpu. Ond doedd Bwmbwm ddim yn deall dim o'r ystumiau a wnâi Cai i geisio cyfleu 'mynd i'w nôl nhw' a 'down ni'n ôl'.

'E? E?' udai Bwmbwm yn uwch ac yn uwch, gan fynd yn fwyfwy rhwystredig na allai ddeall iaith y dieithryn. 'Twp, twp!' meddai wedyn. Ac roedd Cai'n rhyw ofni fod hwnnw'n air a oedd yn gyffredin i'w dwy iaith.

Trodd Bwmbwm at Anil: 'Is e twp! Is e not brên, is e twp!'

'No, Dada Bwmbwm, is e brên!' mynnai Anil.

'Is e twp, mi sed, is e twp!' A chododd Bwmbwm ar ei draed a rhythu i lawr ar Anil. 'Se fe, fe is e twp, is e twp!'

Ceisiodd Anil wrthod ufuddhau i'w orchymyn, ond roedd Bwmbwm yn ei gicio bellach. 'Se fe, is e twp!'

Dechreuodd Anil fwmian, 'Is e twp...'

Cwpanodd Bwmbwm ei glust. 'Mi no hier, is e twp!'

Ailadroddodd Anil yn uwch: 'Is e twp, is e twp!'

Yna, roedd Bwmbwm yn chwerthin fel ynfytyn dros bob man. Daeth hyrddiadau ohono, a daliai ei fol fel rhywun yn cael pwl o ryw aflwydd a berai gryndod drwy ei gorff.

Yr eiliad nesaf, stopiodd ar amrantiad a rhythu arnyn nhw.

'Is mi twp.' Dechreuodd Cai ddeall falle bod angen iddo

symud pethau yn eu blaenau. 'Ond is mi chwilio bwyd...' ymdrechodd.

'Byt,' cynorthwyodd Anil drwy gyfieithu ar gyfer Bwmbwm. 'Is e ffindo byt.'

Dinoethodd Bwmbwm ei ddeuddant mewn gwên lydan a chamodd tuag at Cai. Pwysodd Cai yn ôl rhag pa artaith bynnag roedd y gwallgofddyn am ei hachosi iddo. Ond gosododd Bwmbwm ei bawen front ar ysgwydd Cai, a phatio.

'Is e ffindo byt, is e gw-boi.'

Penderfynodd Cai beidio â gofyn eto os câi fynd i chwilio am ei ffrindiau cyn dod o hyd i fwyd i'r rhain. Diolchodd fod Bwmbwm, am y tro, yn barod i'w gadw ar dir y byw. Anelodd y teyrn bach balch am y drws a gorchymyn Anil i'w ddilyn. Cododd y ffagl a oedd wedi llosgi'n ddu ar garreg y wal.

Gadawyd Cai yn y tywyllwch.

*

Rhaid ei fod wedi hepian, gan i'r bore ei daro'n sydyn: llafn o oleuni drwy'r twll yn y to, a'r haul yn ei gusanu, yn gynnes eisoes. Cododd Cai gan geisio ail-fyw digwyddiadau ddoe yn ei feddwl.

Clywodd siffrwd yng nghornel dywylla'r adeilad. Roedd rhywun arall i mewn yno gydag e, yn ei wylio o'r cysgodion. Bu bron i Cai sgrechian: rhaid bod Bwmbwm wedi newid ei feddwl ac wedi anfon un o'r dynion yno i'w ladd.

Camodd Gwawr o'r cysgod.

'Beth wyt ti —? Shwt…?' dechreuodd Cai gan rythu'n ddiddeall arni.

'Drwy'r twll yn y to,' meddai Gwawr. 'Dim byd haws. Ry'n ni wedi bod yn gwylio. Dere, 'sdim amser.'

Teimlodd Cai ei gyhyrau'n tynnu wrth iddo godi ar ei draed. Roedd e wedi treulio'r rhan fwyaf o'r nos yn cysgu ar y llawr carreg wedi'r cyfan: ni allai oddef yr arogl cnawd ar y croen roedd Bwmbwm wedi'i adael iddo. Ychydig iawn o grefft crwyna oedd yn perthyn i'r sawl a greodd glogyn y brenin.

Heb aros i ddweud gair, dilynodd Gwawr at y drws. A phan oedd y ddau ar fin mynd drwyddo, daeth pen Anil i'r golwg heibio'r haen gyntaf o fetel rhydlyd.

Anadlodd Cai'n ddwfn yn ei ryddhad nad un o'r lleill oedd yno.

'Anil,' meddai, a'u cyflwyno i'w gilydd. 'Anil. Gwawr.'

Roedd Gwawr wedi delwi.

'Wneith Anil ddim byd i ti, mae Anil yn ffrind.'

'Dere, 'sdim amser,' meddai Gwawr wrth adfeddiannu ei hun. 'Os yw e yma, fe ddaw'r lleill.'

'Cai ros. Cai ros da Anil.'

'Beth wedodd e?' Edrychodd Gwawr yn agosach. 'Hi?'

'Anil,' meddai Cai.

'Cai ros i ffindo byt.'

'Ie,' meddai Cai yn ddiflas. 'Gwawr, dwi wedi addo.'

'Beth? Addo beth? Wyt ti'n gall?! Ma'n nhw wedi trio dy ladd di unwaith!'

'Bwmbwm oedd hwnnw. Ma nhw angen help. Ein help ni i gyd. Ble ma'r lleill?'

'Bwmbwm?' Rhythai arno'n ddiddeall, a phe bai e wedi dechrau tyfu cyrn, fyddai'r olwg ar ei hwyneb ddim yn bradychu mwy o syndod at ei ffolineb.

'Ie. Dere â nhw i gwrdd â Bwmbwm.'

Cyn iddi allu ei ateb, roedd Cai wedi mynd allan drwy'r drws ac Anil wrth ei sodlau. Croesodd Gwawr y buarth ar ei ôl i ben arall yr adeiladau mewn llesmair. Beth oedd ar ben Cai yn chwarae i ddwylo'r union bobl oedd wedi ceisio'i ladd?

Roedd Gwenda, Olaf a Freyja yn eu cwrcwd yn y drain, a phicell yr un yn nwylo Freyja a Gwenda. Anelodd Freyja ei phicell pan welodd Anil yn ymddangos y tu ôl i Cai.

Cododd Cai ei law. 'Gostwng dy bicell. Mae Anil yn ffrind.'

Dyna'r eildro iddo ddweud hynna mewn dwy funud, meddyliodd Gwawr.

'Ry'n ni'n mynd i'w helpu nhw i ddod o hyd i fwyd,' meddai Cai. 'Dewch. Fe awn ni i weld y brenin Bwmbwm. Peidiwch â'i gynhyrfu fe. Dyw e ddim yn fachan neis iawn.'

'Os 'ny, rho un rheswm pam ddylen ni ddod draw i weud helô,' meddai Olaf.

'Mae 'na bedair gwaith yn fwy ohonyn nhw nag ohonon ni, yn un peth,' meddai Cai.

'Digon teg,' atebodd Olaf a chamu allan o'r drain heb air arall o wrthwynebiad.

'Fe hoffi di fe,' meddai Cai wrth Olaf.

'Ti newydd weud nad yw e'n fachan neis iawn,' meddai Olaf yn ddryslyd.

'Dyw e ddim,' meddai Cai. 'Ond mae e'n meddwl ei fod e'n fachan doniol,' ychwanegodd, 'ma 'da chi hynny'n gyffredin.'

Oedodd Olaf am eiliad i feddwl beth roedd Cai'n ei olygu.

'Oi!' protestiodd Olaf, ond erbyn hynny roedd Cai wedi croesi'r buarth hanner ffordd at y plas.

11

A R EI ORSEDD roedd Bwmbwm pan gyrhaeddon nhw'r stafell fawr yn y plas. Ysgyrnygodd y ci wrth weld y fintai ddieithr yn cerdded drwy'r drws, a thawelu wedyn wrth iddo adnabod Cai. Disgynnodd yn swrth ar ei goesau blaen, a'i gynffon yn ysgwyd yn fodlon braf y tu ôl iddo.

Bellach, roedd y llond llaw o eiriau roedd Cai wedi eu deall o iaith y Ni yn ddigon iddo allu trosi ambell air yn weddol gywir ar gyfer y pedwar Ynyswr. Eglurodd iddyn nhw mai cymysgedd o Gymraeg a Saesneg plentynnaidd oedd iaith y Ni, a soniodd yn fras am yr hyn roedd e wedi gallu ei gasglu o stori Anil am darddiad y llwyth.

Eglurodd mai prif broblem y Ni oedd eu bod nhw'n llwgu i farwolaeth. Drwy ddefnyddio cyfuniad o eiriau ac ystumiau rhwystredig, a thrwy gymorth pwyllog Anil, dangosodd Bwmbwm iddyn nhw fod y llysiau a'r grawn wedi methu, bod rhyw aflwydd wedi lladd eu cnydau yn ddiweddar, a bod prinder cŵn yn yr ardal.

'Mae 'na ddigonedd o lygod mawr o gwmpas,' meddai Freyja wrth Cai. 'Dwi'm yn deall…'

Dechreuodd ddynwared llygoden fawr er mwyn i Bwmbwm ddeall, ond daeth pen ar amynedd y teyrn. Galwodd ar y chwe milwr a oedd wedi bod yn hebrwng

Cai i ddod i afael yn y pedwar arall hefyd. Er bod picell yn llaw Freyja, roedd chwe phicell yn nwylo'r milwyr. Cydiodd milwr ym mhicell Freyja, er iddi geisio dal ei gafael arni.

'Gwed wrthyn nhw!' apeliodd ar Cai. 'Gwed y galla i ddod o hyd i fwyd iddyn nhw, ond fe fydda i angen picell!'

Amneidiodd Cai i gyfeiriad Freyja – 'Byt!' gwaeddodd. 'Hi ffindo byt!' Dynwaredodd rywun yn trywanu creadur â phicell.

Ystyriodd Bwmbwm am eiliad, cyn codi ei law i rwystro'i ddynion rhag bachu picell Freyja.

'Cer!' gwaeddodd Bwmbwm wedyn, a deallodd Freyja. Gwnaeth y milwyr le iddi basio, ac aeth yr helwraig allan â'i phicell yn ei llaw. 'Ffindo byt!'

'Beth amdanon ni?' holodd Gwawr. 'Beth mae e'n mynd i neud â ni?'

'Aros,' meddai Gwenda. 'Nes daw Freyja'n ôl. Drwy ein cadw ni yma, fe fydd e'n sicr y daw hi'n ôl.'

'Gweddïa ei bod hi'n llwyddo i hela digon o lygod i'w gadw fe'n fodlon,' meddai Olaf.

'Pam nad ydyn nhw'n gallu hela'u llygod eu hunen?' holodd Gwawr. 'Ma digonedd ar hyd y lle, a phethe ara deg ar y naw ydyn nhw. Yn barod i fod yn fwyd i unrhyw un. Yn hollol wahanol i lygod yr Ynys.' Crynodd drwyddi wrth feddwl am y llygod mawr oedd i'w gweld yn ysbeilio'r grawn ym mhlanigfeydd yr Ynys. Hen bethau anghysurus oedden nhw.

'Ac os na lwyddith Freyja i'w fodloni fe…?' dechreuodd Gwenda.

'Ma 'da fi deimlad mai ni'n pump fydd y cwrs cynta a'r ail a'r trydydd,' meddai Olaf yn ffug lawen.

Gwelodd Bwmbwm y wên ar wyneb Olaf, a dechreuodd chwerthin fel ynfytyn. Er mwyn dangos parch, ymunodd y pump yn y chwerthin. Ond pan sylwodd eu bod nhw'n chwerthin, stopiodd Bwmbwm ar amrantiad:

'Shshsh!' gorchmynnodd yn sobr. A chododd y milwyr eu picelli a'u pwyntio atyn nhw.

Dyma hi, meddyliodd Gwawr. Fy nhynged. Cael fy nhrywanu i farwolaeth am chwerthin gan rywun sydd prin yn cyrraedd fy ysgwyddau.

'Bwmbwm!' Dechreuodd Anil bledio â'i feistr i'w atgoffa i gadw ar yr ochr iawn i'r dieithriaid. 'Byt! Byt!'

'Eeech!' ebychodd Bwmbwm, gan amneidio ar y milwyr i ostwng y picelli unwaith eto, yn flin braidd gan ei fod wedi dechrau mwynhau'r olwg ofnus ar wynebau'r dieithriaid.

*

Aeth amser heibio wrth iddyn nhw aros i Freyja ddychwelyd. Doedd gan Bwmbwm fawr o amynedd – prin y gallai fyw yn ei groen. Un eiliad byddai'n eistedd ar y soffa, a'r eiliad nesaf roedd e'n cynrhoni ac yn codi ar ei draed, yn cerdded o gwmpas am ychydig, gan fynd yn agos at y dieithriaid i'w hastudio fel pe baen nhw'n ddarn o gelfyddyd.

Mentrodd gyffwrdd blaen ei fys yng ngwallt golau Gwawr, a gallai hi arogli'r chwys a'r baw ar yr unben bach. Tynnodd yntau ei fys yn ôl, fel pe bai'r gwallt wedi ei drydaneiddio.

Syllodd yn hir i'w llygaid glas, a gwnaeth Gwawr ei gorau i beidio â chamu'n ôl o'i ffordd: digon teg ei fod e'n chwilfrydig yn eu cylch.

Pan geisiodd godi ei chrys i edrych oddi tano, bu'n ormod i Gwawr a thynnodd oddi wrtho.

'Oooo!' cwynodd Bwmbwm fel plentyn wedi cael siom.

Mae hwn yn fwy o Faba Bwmbwm na Dada Bwmbwm, meddai Cai wrtho'i hun. Camodd Olaf ymlaen er mwyn i Bwmbwm gael codi ei grys e yn lle un Gwawr. Gwnaeth y brenin hynny, ac astudio'r croen golau, glân. Gwthiodd Bwmbwm ei fys i asennau Olaf, a chael nad oedd llawer mwy o gig ar y rheini nag ar ei rai ei hun.

'Ti'n goglais,' meddai Olaf.

'Yy?' meddai Bwmbwm.

Mentrodd Olaf estyn ei fys yntau i oglais asennau Bwmbwm, fodfedd neu ddwy o dan ei gesail.

'Na, Olaf!' rhybuddiodd Gwenda. 'Paid!'

Ond roedd Olaf eisoes wedi cyffwrdd blaen ei fys â chroen y brenin bach. Daeth golwg o arswyd dros wyneb Bwmbwm am hanner eiliad, cyn torri allan yn sgrech annaearol drwy'r plas. Yr eiliad nesaf, roedd e'n chwerthin dros bob man, ac yn cynnig ei gesail i Olaf ei oglais eto ac eto ac eto.

Erbyn hyn, roedd nifer o'r llwyth wedi rhedeg i'r neuadd i weld beth oedd achos y sgrech. Cawsant syndod o weld eu Dada Bwmbwm gorthrymus ar ei gefn ar lawr, yn cicio'i goesau yn yr awyr, a'r dieithryn penfelyn yn cyffwrdd blaen ei fys â rhannau o groen Bwmbwm nes bod hwnnw'n crio sgrechian fel anifail mewn poen. Syllodd ei ddeiliaid yn syn, gan fethu penderfynu a oedd angen iddyn nhw ymyrryd i achub bywyd eu brenin, cyn sylweddoli mai ei oglais roedd y dieithryn.

Safai'r milwyr hefyd ar hanner cam, yn ceisio penderfynu ai pleser neu artaith oedd yn achosi'r fath ymateb swnllyd yn eu brenin.

Ymhen rhai munudau, roedd e wedi cael digon. Drwy'r chwerthin a'r tuchan wrth iddo geisio adfer ei anadl, roedd Bwmbwm wedi dechrau gweiddi, 'Ros, ros, ros! Nyff is nyff!' ac Anil wedi camu ymlaen i roi ei law ar fraich Olaf i wneud iddo roi'r gorau i'r goglais.

Daliodd pawb eu gwynt am funudau i weld pa hwyliau fyddai ar yr unben wedi iddo gael ei wynt ato. Cododd ar ei draed yn ddistaw, heb smic o chwerthin yn agos ato.

'Ti 'di mynd yn rhy bell,' mwmiodd Gwenda wrth Olaf o dan ei gwynt.

A phan oedd y pedwar Ynyswr bron iawn â byrstio o fod wedi dal eu gwynt mor hir, camodd Bwmbwm at ei orsedd a suddo i'r soffa racs, gan adael anadl hir, ymlaciedig allan o berfedd ei stumog.

'Aaaaaa...' a phwyntiodd at Olaf yn ddireidus a rhoi winc iddo. 'Is da! Is ti gw-boi is ti!'

Gwenodd Olaf yn hunanfodlon. Trodd at ei gyd-Ynyswyr, yn falch iawn ohono'i hun. 'Gallwch chi wastad ddibynnu arna i i dorri'r garw.'

Ciliodd Cai rhagddo: 'Os wyt ti'n disgwyl i fi ysgwyd dy law di, gei di olchi dy fys gynta!'

*

Pe bawn i ond yn cael cyfle i sôn wrthyn nhw am Mam Un, meddyliodd Gwawr. Dweud wrthyn nhw mai o'r fan hon roedd hithau'n dod hefyd, a'n bod ni'n gysylltiedig â'r fan hon drwyddi hi. Ac er mor rhyfedd yw'r iaith maen nhw'n ei siarad, yr un un yw hi â'r iaith rydyn ni'n ei siarad, i raddau. Fe allen ni eu dysgu nhw sut i siarad Cymraeg fel ry'n ni'n ei siarad hi. Dweud wrthyn nhw am y pethau sydd yn y Dyddiadur.

Cofiodd am yr hyn roedd y Dyddiadur yn ei ddweud am y lle hwn, am yr adeilad hwn oedd yn arfer bod yn ganolfan lle roedd gwyddonwyr yn gweithio ar laswellt a hadau.

'Gwenda,' sibrydodd. 'Beth am ddangos y Dyddiadur iddyn nhw?'

Gwyddai Gwawr fod perygl mai difa'r papur wnaen nhw. Ond copi dwy dudalen yn unig o'r Dyddiadur oedd ganddi, felly ni fyddai'n ormod o golled. Bron na allai adrodd cynnwys y ddwy dudalen ar ei chof, beth bynnag. Pe bai'r rhain ond yn gwybod bod rhywun, Rhian, gant ac ugain o flynyddoedd yn ôl, wedi ysgrifennu am yr union le yma, a'i bod hi wedi cario'r Dyddiadur a'r wybodaeth ynddo dros fil a hanner o filltiroedd i wlad gwbl wahanol i'r fan hon, a bod ei geiriau hi'n dal i fod yma gyda nhw, yn eu dwylo… pe baen nhw'n gwybod hyn, a fydden nhw mor barod i godi eu picelli yn eu herbyn?

Tynnodd Gwawr y ddwy dudalen o'i hosan. Hanner cododd Bwmbwm oddi ar ei orsedd wrth ei gwylio, a chamodd un o'r milwyr yn nes ati, a'i bicell yn barod am ba ystryw bynnag oedd yn ei meddwl, pa gynllun bynnag i'w llorio nhw, neu ba arf bynnag roedd hi wedi'i guddio yn ei hosan.

Wrth gofio bod gan Gwenda fwy o Saesneg na hi, estynnodd Gwawr y tudalennau iddi.

'Drychwch,' meddai Gwenda, gan ddal y papur yn uchel.

Camodd ymlaen at Bwmbwm gan estyn y papur iddo.

Camodd y milwr yn agosach ati, a'i bicell wedi'i chodi'n fygythiol, fel pe bai gan y papur ei hun, yn hytrach na'r geiriau arno, allu i ddifa.

Camodd Anil rhwng y ddau gan godi ei freichiau.

'Fi si, is trw, fi si wot.' Cymerodd y tudalennau gan Gwenda. Rhythodd ar y papur, gan adael i'w lygaid lamu o un swp o farciau duon i'r llall. Sganiodd bob modfedd o'r patrymau dieithr.

Estynnodd y dalennau i Bwmbwm, a eisteddai â'i wyneb yn gwestiwn.

'Si lwc,' meddai Anil. 'Is wot, is wot, is wot?'

Pefriai ei wyneb yn llawn o ryfeddod a chryn dipyn o ofn yn gymysg. Doedd e ddim i'w weld yn hollol siŵr na fyddai'r marciau du'n codi oddi ar y papur a'i gnoi ar ei drwyn.

Dychryn oedd ar wyneb Bwmbwm pan gymerodd y papur gan Anil o'r diwedd, nid rhyfeddod. Byseddodd y papur fel pe bai gwenwyn yn gymysg â'r inc. Rhythodd yn gegagored ar y marciau.

'Is wot, is wot, is wot?' ailadroddodd yntau hefyd. 'Is gôsts?' holodd wedyn.

Ysgydwodd Anil ei ben. 'Is no thinc is gôsts…'

'Drychwch,' dechreuodd Gwenda, gan gamu ymlaen. Cafodd ei stopio'n ddisymwth gan un o'r milwyr. 'Na, drychwch, gadewch i fi egluro,' meddai Gwenda, gan agor ei breichiau wrth iddi bledio ar Bwmbwm.

Nodiodd Bwmbwm wedi eiliad, a gadawodd y milwr i Gwenda fynd yn agosach at y pennaeth syn. Estynnodd ei llaw a rhoddodd Bwmbwm y papur yn ôl iddi. Rhag i'r papur ei halogi, sychodd yntau ei law, a oedd yn gacen o faw drosti, yn y croen ci a wisgai, a oedd yn llawer mwy budr na'i law hyd yn oed.

Darllenodd Gwenda oddi ar y papur:

'Fy niwrnod olaf yn yr hen blas lle mae Sefydliad y Gwyddorau Biolegol, Amgylcheddol a Gwledig, neu'r Fridfa Blanhigion fel roedd hi'n arfer cael ei galw. Cylch yr Arctig amdani ddydd Mawrth. Tybed beth fydd yn fy nisgwyl i yn y fan honno? Yr un peth fydd y gwaith i raddau, cyfri hadau, eu storio nhw, arbrofi i weld pa amodau fydd hadau'n gallu eu diodde, beth yw hyd oes gwahanol rywogaethau o blanhigion. Pe bai'r byd yn wynebu argyfwng, bydd yna hadau ar yr Ynys. Tybed a fydd yna hadau yn y Fridfa? Ymhen canrifoedd, ymhen milenia, faint o'r hadau fydd yn dal yn fyw?'

Doedd Bwmbwm ddim wedi cau ei geg i fygu ei ryfeddod ers i Gwenda ddechrau darllen. Doedd ganddo ddim syniad beth roedd hi'n ei wneud, yn siarad wrth ddarn o bapur.

*

Gallai Anil weld ei llygaid yn symud o un patrwm du i'r llall wrth iddi siarad, fel pe bai hi'n dweud wrth y patrymau beth i'w wneud. Ond hyd y gallai Anil weld, doedd y patrymau ddim yn newid wrth iddi siarad â nhw. Crychodd ei dalcen: beth oedd y swyn roedd y ddynes hon yn ei chreu?

Ceisiodd ganolbwyntio ar yr hyn roedd Gwenda'n ei ddweud. Tybiai fod rhywbeth ynghylch natur y geiriau yn gyfarwydd, ond nid oedd yr un gair yn gyfarwydd ar ei ben ei hun chwaith. Beth oedd yr iaith ryfedd a oedd yn canu clychau yn ei ben wrth iddo wrando arni, ond nad oedd yn gwneud unrhyw synnwyr chwaith?

'Wot? Wot?' ffrwydrodd Bwmbwm. Doedd e ddim yn hoffi bod y dieithriaid hyn yn gwybod mwy nag e. Fe oedd pennaeth y bobl, fe oedd yn gwybod beth oedd beth. Doedd gan neb arall hawl i wybod mwy nag e. O'i ben e y dôi pob penderfyniad, pob dewis ynglŷn â phob agwedd ar eu diwrnod. Fe oedd pia'u heddiw a'u hyfory nhw.

'Is byt?' gwaeddodd Bwmbwm wedyn, a bachu'r tudalennau o law Gwenda. Oedodd am eiliad i edrych ar y patrymau, gan ddal y dalennau rhwng bys a bawd fel pe baen nhw wedi'u gorchuddio â charthion dynol. Mentrodd dynnu'r papur yn nes at ei ffroenau, a sniffio. Symudodd ei drwyn dros wyneb y dudalen. Edrychodd ar y patrymau eto.

Oedden nhw'n dweud rhywbeth wrtho, meddyliodd Anil, fel roedd baw ci yn y coed yn dangos iddo o ba gyfeiriad roedd y ci roedd e'n ei hela wedi dod: o'r caeau glaswelltog neu o'r mynydd-dir diffaith?

Cofiodd Anil fod dalennau o bapur yn y Bocs. Roedd ei fam wedi'i agor unwaith i ddangos i Anil, ac wedi dweud wrtho fod y patrymau y tu mewn yn cynnwys cyfrinach bywyd. A rhyw ddiwrnod, fe ddôi deall i'r Ni. Fe ddôi rhywun i ddangos iddyn nhw sut roedd gwneud synnwyr o'r patrymau a byddai'r wybodaeth honno'n eu cadw nhw'n ddiogel am byth. Teimlodd ias wrth gofio hynny.

Tybed ai'r rhain oedd y 'rhywun'? meddyliodd Anil am eiliad, gan lygadu'r Ynyswyr.

'Is no byt,' meddai Bwmbwm ar ôl rhwygo cornel fach o'r papur a'i roi yn ei geg. Poerodd y papur ar y llawr.

Aeth Anil yn oer drwyddo wrth weld Bwmbwm yn torri cornel y papur. Gobeithiai nad oedd y papur mor bwysig â'r papurau yn y Bocs; roedd y rheini'n sanctaidd. Gwyddai nad oedd neb ar ôl o'r Ni, neb ond fe, yn gwybod am y Bocs. Ers blynyddoedd, ers i'w fam fynd, roedd Anil wedi cario'r wybodaeth fel trysor yn ei galon, neu fel maen melin am ei wddf, doedd e ddim yn siŵr pa un. Roedd e wedi bwriadu sôn wrth rywun y gallai ymddiried ynddyn nhw, ond doedd 'na neb. Doedd e'n sicr ddim yn mynd i ymddiried yn Dada Bwmbwm. Ers blynyddoedd, roedd e wedi penderfynu aros i weld pwy ddôi'n Dada ar ôl Bwmbwm, iddo gael dweud wrthyn nhw, fe neu hi, ar ôl i'r llygod mawr gario Bwmbwm dros y môr.

Ni allai'r papur hwn fod cyn bwysiced â'u hanes yn y Bocs, meddyliodd Anil, hanes dechrau'r byd, cyfrinach y Ni o'r dechrau un, a chyfrinach eu tynged hefyd.

Roedd y blynyddoedd wedi mynd heibio, a Bwmbwm yn dal i fod yn Dada. A'r Ni yn araf ddiflannu o flaen ei lygaid. Falle'i bod hi'n bryd iddo rannu cyfrinach y Bocs, meddyliodd Anil wrtho'i hun.

*

'No, is no,' meddai Bwmbwm. 'Is no ffor ni, is ffor nhw, is shit, is shit.' Roedd e'n bytheirio nawr ac yn taflu'r papur o'i ffordd.

'Beth mae e'n weud?' holodd Gwawr i Cai.

'Shwt ydw i fod i wbod?'

'O't ti i weld yn deall gynne,' edliwiodd Gwawr.

'Ma 'na ranne,' dechreuodd Cai. 'Dwi'n meddwl bo fi'n gwbod, ac wedyn dwi'n methu'n lân â deall.'

'Gwych,' meddai Olaf. 'Defnyddiol tu hwnt.'

Anwybyddodd Cai ef. 'Iaith plant sy ganddyn nhw, am mai dau o blant nath oroesi'r Diwedd Mawr.'

'Shwt ti'n gwbod?' gofynnodd Olaf. 'Ac ystyried bo ti ddim yn deall eu hiaith nhw, shwt ar wyneb y ddaear wyt ti'n gwbod mai dau o blant nath oroesi?'

'Anil ddwedodd,' meddai Cai, a throdd Anil ei ben ato wrth glywed ei enw. Gwenodd yn betrus ar Cai.

'Is wot? Is wot?' bloeddiodd Bwmbwm.

Yn amlwg, roedd e'n teimlo'i fod e'n cael ei anwybyddu. Yr eiliad nesaf, roedd e wedi troi i edrych at y drws. Yno, safai Freyja yn dal ei phicell.

'Wot?' Gwelodd yr Ynyswyr yr ofn yn duo wyneb Bwmbwm wrth weld beth oedd ganddi yn ei llaw.

'Llygod mawr!' cyhoeddodd Freyja'n fuddugoliaethus. 'Chwech ohonyn nhw, yn ginio.'

Am eiliad, ni ddywedodd neb ddim. Rhythai pob un o'r Ni mewn arswyd pur ar ysbail Freyja.

Yna torrodd sgrech allan a atseiniodd o bob un o waliau'r plas.

'Woooot?!' udodd Bwmbwm yn lloerig.

12

Torrodd anhrefn llwyr allan ymhlith y Ni: rhuodd Bwmbwm, a gweiddi ar y milwyr i afael yn Freyja. Cododd Anil ei law at ei geg i fygu sgrech. Roedd y milwyr yn siarad bymtheg y dwsin ymysg ei gilydd wrth rwymo rhaff am arddyrnau Freyja. Ar yr un pryd, doedd yr un ohonyn nhw am gyffwrdd yn y bicell na'r llygod. Roedden nhw'n ymddwyn fel pe bai arnyn nhw ofn cyrff y creaduriaid marw, fel pe bai eu cyffwrdd yn gyfystyr â chael eu trywanu yn eu calonnau. Criai un milwr yn agored mewn arswyd llwyr, a'r lleill yn gwneud eu gorau glas i ufuddhau i orchmynion ffrantig Bwmbwm, a oedd wedi camu'n ôl rhag y cyrff.

Camodd Gwenda'n nes ato. 'Beth? Beth sy'n bod? Ma Freyja wedi dod â phethe i'w byta. Chi ddwedodd eich bod chi'n llwgu!'

'Byt?' meddai Bwmbwm, fel pe bai e wedi deall y gair 'byta'. 'Is no byt! Is Mamadada! Is Mamadada! Is no *byt*!'

'Llygod mawr!' Sylweddolodd Cai beth oedd wedi digwydd, a melltithio'i hun am beidio â rhagweld y gyflafan. 'Ma'r rhain yn addoli llygod mawr.'

Roedd Anil wedi sôn am lygod mawr wrth geisio'i gael i ddeall hanes y llwyth yn gynharach. Cofiodd sut roedd e wedi gwneud crud o'i freichiau wrth ddisgrifio'r bobl fach oedd wedi goroesi, y plant a fagwyd gan lygod.

Trodd at Anil, a oedd yn dal â'i law o flaen ei geg fel pe bai am osgoi cael ei heintio gan y fath olygfa.

Rhoddodd Cai ei ddwylo at ei gilydd mewn ystum o edifeirwch. 'Ma'n ddrwg 'da fi, Anil… ma'n ddrwg 'da fi!'

Yr eiliad nesaf, roedd Bwmbwm wedi gorchymyn ei filwyr i hebrwng y pum dieithryn i'r adeilad lle roedd Cai wedi cael ei gadw.

'Is defils!' gwaeddodd ar eu holau.

'Is no defils,' ceisiodd Anil ei ddarbwyllo. 'Bwmbwm, is ffrinds, is no defils!'

'Beth o'n i fod i wbod? Gallet ti fod wedi gweud!' meddai Freyja'n flin wrth Cai wrth i'r drws haearn gael ei gau arnyn nhw.

''Nes i ddim rhoi dau a dau at ei gilydd,' meddai Cai. 'Dwi ddim yn deall eu hiaith nhw.'

'Ti'n deall mwy na ni,' meddai Gwawr. 'Ti'n ddigon o ffrindie 'da Anil. Pam na alle fe fod wedi dy rybuddio di?'

'Paid beio Anil. Stopiodd e Bwmbwm rhag 'yn lladd i.'

'Ma fe ar fin methu yn hynny o beth, weden i,' meddai Olaf.

Camodd Gwenda o gwmpas yr adeilad, a gadael iddyn nhw siarad. Edrychodd ar yr awyr las a welai drwy'r tyllau yn y to. Dilynodd Gwawr ei hedrychiad.

'Ti'n meddwl gallwn ni ddringo?' holodd.

'Digon posib,' meddai Gwenda, 'Ond tra ma'r milwyr yr ochor arall i'r drws 'na, fe fydden ni'n ffôl i roi cynnig arni.'

'Gallen ni dreial ymddiheuro,' cynigiodd Olaf. 'Mynd ar ein glinie. Gweud "Ma'n ddrwg 'da ni, bobol, naethon ni ddim meddwl y bydde unrhyw lwyth mor dwp ag addoli llygod mawr"!'

'Nhw nath eu hachub adeg y Diwedd Mawr,' eglurodd Cai eto. 'Nhw achubodd y Ni.'

'Wrth gwrs!' taflodd Olaf ei freichiau i'r awyr yn watwarllyd. 'Shwt allen i fod mor dwp?'

'Pwy glywodd y fath ddwli!' meddai Gwawr. 'Shwt all llygod mawr fagu *plant*?!'

'Eu cynnal nhw â'u lla'th,' dechreuodd Cai eto.

Ond doedd gan Gwawr fawr o amynedd â'r stori.

'Dyw e ddim yn bosib!' dadleuodd. 'Cŵn falle, gallen i dderbyn 'ny. Yn enwedig yn y dyddie cynnar, pan oedd cŵn yn anifeiliaid anwes… ond ddim llygod mawr. Byth bythoedd! Shwt alli di gredu'r celwydde ma'r Anil 'na'n eu rhaffu wrthot ti?'

'Ti'n awdurdod ar eu hanes nhw, wyt ti?' saethodd Cai yn ôl ati â golwg o gasineb llwyr ar ei wyneb. 'Ti'n eu nabod nhw ers pum munud, a ti'n meddwl bod ti'n gwbod popeth amdanyn nhw!'

Synnwyd Gwawr. Doedd Cai erioed wedi siarad fel hyn â hi o'r blaen. Bob tro roedden nhw'n ffraeo, roedd yna islais o dynnu coes yn y cyfan. Hyd yn oed pan wylltiodd Cai â hi am fwriadu mynd ar y Daith hebddo, doedd dim min fel hyn ar ei lais.

Camodd Gwenda rhwng y ddau. ''Na ddigon!' gorchmynnodd. 'Ma'r ddau ohonoch chi'n methu'r pwynt yn llwyr. Nid beth ddigwyddodd sy'n bwysig, ond beth maen nhw'n *meddwl* ddigwyddodd. Welwch chi ddim? Dyna'u *stori* nhw, eu crefydd nhw.'

Anadlodd Gwawr yn ddwfn. Wrth gwrs. Roedd Gwenda yn llygad ei lle. Gwelodd fod Cai wedi deall hefyd. Difarodd y ffrae: roedd hi'n gas ganddi'r teimlad o gweryla â'i ffrind gorau yn y byd i gyd. Doedd nunlle mor unig â chweryla gyda Cai.

'Mae'n seiliedig ar ryw fath o wirionedd, ma'n siŵr,' meddai Gwenda. 'Ond fel wedes i, ddim 'na'r pwynt: eu gwirionedd *nhw* yw'r pwynt.'

'Falle gallwn ni eu perswadio nhw mai cŵn gadwodd y llwyth yn fyw,' meddai Olaf. 'A'u ca'l nhw i fwyta llygod ac addoli cŵn, yn lle bwyta cŵn prin ac addoli llygod sy'n berwi ar hyd y lle 'ma.'

'Newid cred cenedlaethe o bobol? Amhosib,' meddai Gwenda. 'Ond ma'n ddigon posib fod y llwyth wedi goroesi o lond llaw o blant. Bydde'n egluro'r iaith. Cymysgedd o Saesneg a Chymraeg elfennol. Fydd hi ddim yn anodd ei deall. Ti'n gweud bod yr Anil 'ma'n ffrind?'

'Ydi, yn bendant,' meddai Cai.

'Shwt alli di fod yn bendant?' edliwiodd Gwawr. 'Ti ond yn ei nabod e ers ddoe!'

'Dwi'n gwbod pwy sy'n ffrind a pwy sy ddim,' meddai Cai heb edrych arni.

Cnodd Gwawr ei gwefus.

*

Chwyrnodd y ci pan gerddodd Anil i mewn: roedd e'n dechrau adfer ei ffyrnigrwydd ar ôl i Cai ei swyno y noson cynt.

'Sit,' gorchmynnodd Bwmbwm o'i orsedd, ac eisteddodd Anil ar y llawr o'i flaen, gan blygu ei benliniau un bob ochr iddo. 'Is wot?'

Dechreuodd Anil drwy grafu. Dywedodd wrth Bwmbwm ei fod yn gwybod yn iawn mai fe oedd yn deall fwyaf, wrth gwrs, mai fe oedd y mwyaf gwybodus o holl aelodau'r llwyth, ac mai dyna pam mai fe oedd arweinydd y llwyth. Wrth gwrs, atebodd Bwmbwm, a sawru'r ganmoliaeth: y mwyaf gwybodus *a'r* mwyaf doeth. Fuodd neb erioed yn fwy gwybodus a doeth. Wrth gwrs, wrth gwrs, cytunodd Anil yn frwd. Y mwyaf gwybodus, y mwyaf doeth, y mwyaf pwerus. *A'r* mwyaf gwylaidd, ychwanegodd Bwmbwm. Does neb ar y ddaear erioed wedi bod yn fwy gwylaidd na fi, meddai, rwy'n ofnadwy o wylaidd. Wrth gwrs, wrth gwrs, cytunodd Anil.

Ac *oherwydd* hynny, dechreuodd Anil wedyn ar ail gam ei genhadaeth, wedi'r cam llyfu tin. *Oherwydd* mawredd ei ostyngeiddrwydd a'i wyleidd-dra, a'i ddoethineb a'i drugaredd, fe allai Bwmbwm, yn fwy na'r un bod arall ar y ddaear, fforddio gwrando ar yr hyn oedd gan y dieithriaid i'w ddweud. Fe wyddai Anil, wrth gwrs, prysurodd i ychwanegu, mai barn Bwmbwm fyddai'r un gywir, doed a ddêl, mai ei gyfiawnder ef yn y pen draw fyddai'n iawn. A phan fyddai wedi ffurfio darlun cyflawn o'r dieithriaid, pan fyddai wedi dysgu popeth y gallai ei ddysgu ganddyn nhw – o ble roedden nhw wedi dod, a oedd mwy ohonyn nhw, a oedd yna berthynas rhyngddyn nhw a'r Ni, beth oedd eu bwriadau nhw, a oedd ganddyn nhw unrhyw beth a allai fod o werth i'r Ni – pan fyddai Bwmbwm wedi dysgu hyn oll gan yr Ynyswyr, doedd Anil ddim yn amau am eiliad na fyddai ei benderfyniad ynglŷn â beth i'w wneud â nhw, y bobl hyn a oedd yn debyg iawn iddyn nhw ar sawl ystyr, yn benderfyniad perffaith.

'Ros! Ros!' cododd Bwmbwm ei law i'w atal. Dwed hynna eto, meddai Bwmbwm.

Aha, meddai Anil wrtho'i hun: dyw'r hen Bwmbwm ddim mor dwp ag o'n i'n feddwl. Mae e wedi deall beth o'n i'n awgrymu – falle fod 'na berthynas rhwng y Ni a'r dieithriaid. Falle'n bod ni'n perthyn i'r un llwyth yn wreiddiol. Ein lle ni yw adeiladu pontydd, nid waliau.

Ond na, *roedd* Bwmbwm lawn mor dwp ag oedd Anil wedi ei feddwl i gychwyn. Eisiau gwybod oedd e beth roedd Anil yn ei feddwl pan ddywedodd e falle fod gan y dieithriaid rywbeth a allai fod o werth i'r Ni.

Hen un felly oedd Bwmbwm. Rhy dwp i weld y tu hwnt i'w chwantau bach pitw ei hun.

Chwaraeodd Anil y gêm: os cadwi di nhw'n fyw, Bwmbwm, mae'n bosib y gallan nhw roi popeth sydd gyda nhw i ti. Ond ry'n ni'n gwybod lle maen nhw'n byw, meddai Bwmbwm. Yn y dre. Mae eu pethau nhw i gyd yn y dre. Falle fod yna ragor, mentrodd Anil. Falle gallan nhw dy arwain di at ragor, yn rhywle arall, meddai. Dydyn ni ddim yn gwybod o ble daethon nhw: pwy a ŵyr pa ryfeddodau allai fod gyda nhw.

Goleuodd llygaid Bwmbwm wrth iddo ystyried pa bethau gwych a rhyfeddol y gallai eu dwyn oddi ar y dieithriaid cyn eu lladd. Gwena di, meddyliodd Anil. O leia fe gawn ni amser.

Y rhodd fwya gwerthfawr. Amser i ddysgu gan ein gilydd. Amser i ganfod y berthynas rhyngon ni. Rhwng y Ni a'r dieithriaid.

'Ies, is trw!' meddai Bwmbwm gan godi oddi ar ei orsedd yn ei gyffro.

'Byt,' meddai Anil.

Fe gâi'r dieithriaid eu dysgu sut i oresgyn y clefyd ar y cnydau, sut i ddod o hyd i anifeiliaid eraill i'w hela – neu i oresgyn eu haddoliad dall o'r ffynhonnell fwya dihysbydd o fwyd.

'Ôl peths!' cywirodd Bwmbwm. Nid bwyd yn unig, ond popeth! Câi'r Ni bopeth oedd gan y dieithriaid, cyn eu lladd. Bron nad oedd Bwmbwm yn dawnsio wrth ystyried cymaint roedd ar fin ei ennill.

Daeth at Anil a phlygu o'i flaen. Daliodd flaen ei fys o dan ei ên. Rhewodd gwaed Anil.

'Is pert,' meddai Bwmbwm mewn llais dwfn, tawel.

Gallai Anil wynto'i anadl ddrewllyd. Gallai weld gronynnau bach o hen, hen fwyd rhwng ei ddannedd melyn. Gallai deimlo'r poer yn ei gyrraedd wrth iddo siarad. Disgleiriai ei dalcen gan chwys a wnâi lwybrau drwy'r baw. Cosodd cudyn o'r gwallt seimllyd foch Anil. Hen fochyn hyll oedd Bwmbwm. Mochyn tenau, er mai fe oedd y mwyaf blonegog ohonyn nhw, ond mochyn yn bendant.

'Is mi not-peth,' mentrodd Anil atgoffa ei feistr gyda'r disgrifiad a ffieiddiai'n fwy nag unrhyw eiriau eraill yn iaith y Ni.

Oedodd Bwmbwm am eiliad. Daliodd Anil ei wynt.

'Iyg,' meddai Bwmbwm, gan droi ei drwyn.

Sythodd. Cododd Anil wedyn. Trodd Bwmbwm ac anelu'n ôl am ei orsedd. Roedd Anil wedi cyrraedd y drws. Clywodd Bwmbwm yn chwerthin, a throdd i weld beth oedd wedi ennyn synnwyr digrifwch ei arweinydd y tro hwn.

'Dada?'

'Mi whare, mi whare! No si wot nw got.'

'Wot?' Doedd bosib ei fod e'n newid ei feddwl yn barod!

'Marw nw!' gwaeddodd Bwmbwm, a'i lygaid wedi newid o fod yn llawn chwerthin i fod yn poeri tân. 'Marw nw haullan!'

Ar doriad y wawr.

'Na!' ebychodd Anil mewn arswyd pur. 'Na, Bwmbwm!'

A'r eiliad nesaf, roedd e wedi galw dau filwr o rywle, a'u gorchymyn i afael yn Anil. Cafodd ei lusgo gan y ddau ar draws y buarth i'r adeilad lle roedd y lleill.

'Anil!' gwaeddodd Cai yn ei ddychryn pan gafodd Anil ei luchio'n ddiseremoni drwy'r drws gwichlyd i'w plith. Llamodd Cai ato a gafael yn ei freichiau. Wrth eu gweld, disgynnodd rhywbeth yng nghalon Gwawr na wyddai ei fod yno o'r blaen.

'She marw chi,' meddai Anil wrth Cai, a deallodd pob un o'r Ynyswyr hynny. 'She marw *ni*,' meddai Anil wedyn, wrth i'r sylweddoliad ei daro.

13

G ANOL NOS, MENTRODD Gwawr ddringo'r wal yn y
tywyllwch, ar y tu mewn y tro hwn.

Drwy'r dydd, gadawyd yr Ynyswyr ac Anil i'w cwmni eu
hunain gan mwyaf. Ddwy waith, daeth milwyr â dysglau o
ddŵr iddyn nhw ei yfed, ond cadw allan o'r adeilad a wnaen
nhw gymaint â phosib. Doedden nhw ddim mor fileinig â'u
meistr, roedd hynny'n amlwg, ac euogrwydd yn bennaf a
ddarllenai Gwawr ar eu hosgo a'u hwynebau. Doedden nhw
ddim yn edrych ymlaen at y dynged a wynebai'r Ynyswyr ac
Anil ar doriad gwawr.

Fwy na ninnau, meddyliodd Gwawr. Ond roedd y cynllun
i ddianc wedi ffurfio rhyngddyn nhw ers oriau, a mater o aros
i'r haul fynd o'r awyr oedd hi cyn iddyn nhw allu ei roi ar
waith.

Cyn dechrau dringo, syllodd Gwawr ar Cai, gan hanner
disgwyl iddo ddweud rhywbeth. Gallai weld amlinell y Niad
rhyfedd a oedd wedi swyno ei ffrind. Ysai am i Cai ddweud
rhywbeth: gair o gefnogaeth, rhywbeth a ddangosai iddi mai
hi oedd ei ffrind gorau yn y byd i gyd. Dyna oedd ei angen
arni: hyder. Roedd Cai bob amser wedi llwyddo i feithrin ei
hyder. Ond ddaeth 'na ddim byd: roedd e a'r Niad yn rhy
ddwfn yn eu sgwrs i sylwi ar ei nerfusrwydd hi.

Tynna dy hun at ei gilydd, meddai Gwawr wrthi ei hun yn ei phen. Does dim byd yn haws na dringo wal. Yr un un oedd hi ag y dringodd hi'r diwrnod cynt, ychydig llai o lefydd i afael ynddyn nhw ar yr ochr hon iddi, ond yr un un: yr ochr arall i'r un peth.

'Fe fyddwn ni reit tu ôl i ti,' meddai Gwenda wrth synhwyro anesmwythdod Gwawr.

A nawr, roedd Gwawr o fewn cyrraedd i'r twll yn y to, a'r lleill i lawr oddi tani, uchder pump o bobl oddi tani. Gallai eu clywed yn sibrwd cyfarwyddiadau, ond ni wrandawai Gwawr yn iawn. Ei phenderfyniadau hi yn unig oedd yn cyfri i fyny yma, lle nad oedd ganddi ddim ond ei chyffyrddiad ei hun i'w chadw rhag disgyn. Gwyddai y gallai'r cwymp ei lladd, neu'n waeth, dorri ei choes neu ran arall ohoni, a olygai farwolaeth araf ond sicr. Pe dôi i hynny, byddai marwolaeth drwy bicell y milwyr yn garedicach.

Teimlodd y garreg arw o dan ei llaw ac anelodd ei throed noeth ychydig i'r chwith i'w bodiau gael chwilio am afael a fyddai'n ei rhyddhau i chwilio am afael uwch i'w llaw. Doedd hi ddim yn bell. Gallai deimlo'r aer ffres y tu allan ar ei hwyneb, a lleisiau'r milwyr yn y buarth yn mwmian yn isel ymysg ei gilydd.

Pwyll pia hi, meddyliodd Gwawr. Estynnodd ei braich chwith allan a theimlodd ei bysedd bren y to yn arw oddi tanynt. Doedd ganddi fawr o ffordd i fynd nawr. Estynnodd ei bysedd am ymyl y twll yn y to.

Teimlodd ddarn o deilsen yn disgyn i'r llawr, glatsh.

'Cymer ofal,' sibrydodd Gwenda.

Diolchodd Gwawr yn ddistaw bach fod y lleill wedi cadw at ochr arall yr adeilad wrth ragweld y dôi malurion teils a cherrig yn rhydd wrth iddi ddringo.

'Ma raid i fi dynnu beth sy'n rhydd,' atebodd Gwawr gan sibrwd.

Yr eiliad nesaf, roedd hanner dwsin o deils wedi disgyn i'r llawr, gan atsain drwy'r adeilad. O fewn eiliadau roedd y drws haearn yn gwichian ar agor a phen milwr yn dod i'r golwg, wedi'i oleuo o'r tu ôl gan ffagl.

Cyn i'r drws orffen gwichian, roedd Anil wedi cicio'r ddysgl glai wrth ei draed nes ei bod yn chwalu yn erbyn y wal. A nawr, roedd y milwr yn syllu ar y darnau ar lawr a golwg o benbleth ar ei wyneb: pwy fyddai'n chwalu'r ddysgl a gynhwysai'r unig ddŵr a oedd ar gael iddyn nhw?

'Is baw,' bytheiriodd Anil, a gwneud synau poeri ac ystum chwydu.

Daliodd Gwawr ei gwynt. Dim ond cyfri oedd gan y milwr i'w wneud. Un, dau, tri, pedwar, pum wyneb yng ngolau'r ffagl. Ble roedd y chweched?

'Twp!' ebychodd y milwr. 'Twptwp!' A chaeodd yr haearn gwichlyd yn ei ôl.

'Ddealles i hynna,' meddai Olaf yn orfoleddus.

Sylweddolodd Gwawr fod ei dwylo'n crynu. Pe bai e wedi cyfri...

'Pwyll,' sibrydodd Gwenda. 'Ara deg... ac os nad yw'r to'n ddigon cryf, dere lawr. Allwn ni ddim fforddio tynnu rhagor ohono fe lawr.'

Ond roedd yr hyn a oedd yn weddill o'r to i'w weld yn

gadarn. Mentrodd Gwawr adael iddo gymryd ei phwysau, a daliodd heb dorri'n rhydd. Anadlodd yn ddwfn. Hwn oedd y darn anodd, tynnu ei hun i fyny drwy'r twll dros ymyl y to. Pwyll, meddyliodd. A nerth. Ewyllysiodd ei chorff i'w dal. Un, dau, tri…

Ymhen dau symudiad a thair eiliad roedd hi drwy'r twll, yn gorwedd ar ei bol ar y to. Allan! Anadlodd yr awyr glaear. Dim smic. Hi a'r nos. A rhyddid.

'Gwawr?' clywodd sibrwd o'r twll du wrth ei hymyl.

Roedd Freyja wedi dechrau dringo.

*

Pen Gwenda oedd yr olaf i ymddangos drwy'r twll yn y to. Erbyn hynny, roedd Gwawr, Cai, Anil a Freyja wedi disgyn i'r ddaear ar y tu allan, a dim ond Olaf oedd ar ôl ar y to yn helpu Gwenda i ddringo o'r adeilad. Rhaid iddyn nhw fod yn ddistaw iawn wrth groesi'r cae yn y tywyllwch. Rhoddai golau gwan y lleuad rywfaint o amlinell i'r adeiladau, a gallai Gwawr weld tywyllwch tywyllach y coed ar ei hochr chwith. Ond golygai hynny y gallai llygaid a laniai arnyn nhw yn croesi'r cae weld eu ffurfiau'n dianc yn y golau bach.

Clywodd sŵn Gwenda'n neidio'r ychydig droedfeddi olaf oddi ar y wal i'r ddaear, a'r un sŵn wedyn wrth i Olaf wneud yr un fath.

'Dewch!' sibrydodd Gwawr heb oedi i edrych i gyfeiriad y ddau filwr a wyliai ddrws yr adeilad lle buon nhw.

Brysiodd y chwech mor ddistaw ag y gallen nhw drwy'r

gwair a'r mieri i gyfeiriad y coed, gan deimlo'r drain yn crafu eu coesau, ond heb oedi eiliad i archwilio'u clwyfau. Ni wnâi drain yr un niwed â phicelli'r Ni a brath y ci llwglyd, meddyliodd Cai. Estynnodd ei law allan i geisio gweld lle roedd Anil. Gwyddai ei fod yno yn rhywle, ond doedd e ddim yn siŵr ai Anil neu Gwawr oedd yn rhedeg wrth ei ysgwydd dde.

Cafodd wybod pan glywodd lais Gwawr yn hisian ychydig gamau o'i flaen: 'Ma'n nhw wedi'n gweld ni!'

Saethodd Cai edrychiad i gyfeiriad y plas, a gwelodd fflam ffagl, dwy, tair ohonyn nhw, a ffurfiau milwyr a'u picelli. Clywodd eu lleisiau, y cynnwrf wrth iddyn nhw agor y porth gwichlyd a syllu i mewn ar adeilad gwag. A'r gweiddi wedyn ar y lleill, nes eu bod wedi dihuno'r llwyth cyfan.

Rhedodd Cai tuag at y coed, a'i law'n gafael yn dynn yn llaw Anil bellach. Heb olau, ni allai weld y lleill. Clywai Gwawr yn bytheirio o'i flaen yn rhywle wrth iddyn nhw geisio osgoi'r brigiau isel â'u breichiau allan o'u blaenau. A gallai deimlo presenoldeb rhywun arall ymhellach oddi wrtho ar ei ochr dde. Gwenda?

Doedd ganddo ddim syniad i ble roedden nhw'n mynd, na ble roedd y lleill, ond dibynnai ar sŵn Gwawr a Gwenda a gobeithiai na châi yntau ac Anil eu gwahanu oddi wrthynt.

Ar ôl rhedeg am amser hir, gan daro'n erbyn coed, a baglu droeon dros eu gwreiddiau, daeth Cai ac Anil at lecyn mwy agored, lle roedd y coed wedi teneuo'n ddim wrth i'r tir o dan draed droi'n doriad creigiog heb ddyfnder pridd.

Yr eiliad honno, daeth wyneb y lleuad i'r golwg o'r tu ôl i

gwmwl, a gallai Cai weld Gwawr yn llechu ar gyrion y llecyn, a Gwenda rai camau oddi wrthi. Doedd e ddim wedi gollwng llaw Anil tra buon nhw'n rhedeg, nes nawr. Nesaodd tuag at y ddwy arall.

'Ble ma'r lleill?' sibrydodd yn uchel.

'Dim syniad,' meddai Gwenda, heb geisio sibrwd. Doedd dim smic i'w glywed i ddynodi bod neb arall o fewn clyw, yn Ynyswyr nac yn Ni.

Teimlai Cai'n benysgafn. Pe bai Olaf a Freyja wedi cael eu dal, go brin y gwnâi'r Ni yr un camgymeriad y tro hwn a'u carcharu'n gyntaf yn hytrach na'u lladd: byddai ar ben ar y ddau. Gwyddai nad oedd neb cystal helwraig â Freyja, ond pan nad oedd ganddi bicell yn ei llaw roedd hi'r un mor ddiamddiffyn â phawb arall. Go brin y byddai'r gyllell a gariai yn ei hosan yn cynnig fawr o waredigaeth yn erbyn hanner dwsin o filwyr picellog.

'Ffor'ma,' gorchmynnodd Gwenda, a dilynodd y lleill ei chysgod tuag at wâl wrth wreiddyn derwen fawr ar ymylon y llecyn agored. 'Ewch i mewn i'r hafn, welith neb chi ond i chi gadw'ch pennau'n isel.'

Tynnodd Cai Anil ar ei ôl i'r hafn a gorweddodd y ddau ar eu boliau. Gwnaeth Gwawr a Gwenda yr un fath.

'Fe arhoswn ni am ychydig,' meddai Gwenda. 'I weld os daw Olaf a Freyja i'r golwg, ac i weld os yw'r lleill yn dilyn. Ond fe fydd rhaid i ni fynd wedyn. Bydd rhaid i ni gyrraedd cyrion y dre cyn iddi ddechrau goleuo.'

Wrth iddi orffen siarad, clywodd Cai leisiau'n nesu, a gwyddai ar unwaith nad lleisiau Freyja ac Olaf mohonyn nhw: lleisiau'n cyfarth cyfarwyddiadau yn eu hiaith eu hunain.

'Is wê, is trw!'

A bron ar unwaith, gwelodd fflamau ffaglau ym mhen arall y llecyn agored, eu cysgodion yn y coed i gychwyn, ac yna eu ffurfiau o'u blaenau yng nghanol y llecyn. Plygodd Cai ei ben, a rhoddodd ei law allan yn ofalus i wneud yn siŵr fod Anil wedi gostwng ei ben o'r golwg dan ymylon yr hafn.

'Is at wê, is trw!' clywodd lais garw'n mynnu. A llais arall wedyn yn mynnu fel arall: 'Is is wê, is trw!'

A thrydydd llais yn fwy awdurdodol na'r lleill – Bwmbwm? A godai'r creadur hwnnw o'i orsedd i'w herlid? – yn ceryddu: 'Peth ffach, ti a ti, is is wê, is trw,' a'r eiliad nesaf, roedd y chwe ffigwr dan oleuni'r ffaglau wedi diflannu unwaith eto i dywyllwch y coed rai llathenni oddi wrthynt, a chysgodion eu ffaglau'n taflu patrymau dros un rhan o'r tywyllwch.

'Be nawr?' holodd Cai. 'Fe fyddan nhw'n ôl.'

'Digon posib,' meddai Gwenda.

'Is ffor,' meddai Anil wrth ymyl Cai, yn ddistaw bach, ond ailadroddodd yn uwch: 'Is ffor.'

'Ffordd?' mentrodd Cai.

'Is ffor,' meddai Anil eto, a dechrau codi o'r hafn. 'Is mam show ffor mi,' meddai wedyn.

'Mae e'n gwbod am ffordd,' meddai Gwenda. 'Ffordd ddangosodd ei fam iddo fe.'

'Beth am Olaf a Freyja?' holodd Cai. 'Allwn ni ddim eu gadael nhw.'

'Fe ddown nhw o hyd i'w ffordd eu hunen,' barnodd

Gwenda. 'Fiw i ni oedi fan hyn i aros amdanyn nhw. Falle mai aros fyddwn ni, ac fe fydd hi'n anoddach i ni fynd liw dydd. Gore po gynta cyrhaeddwn ni'r dre.'

Doedd Cai ddim mor siŵr, na Gwawr, yn ôl ei thawedogrwydd. Ond pa ddewis arall oedd 'na? Roedd Anil ar ei draed, yn ceisio tynnu Cai ar ei ôl. Dilyn Anil oedd y peth call i'w wneud, ac yntau'n gwybod am lwybrau'r ardal. Byddai'r milwyr yn gwylio'r llwybr roedden nhw, yr Ynyswyr, a'r Ni wedi arfer ei ddilyn i deithio'n ôl a blaen i'r dref.

Anelodd Anil am ben uchaf y coed, gan oedi ddwywaith neu dair i glustfeinio. Ni chlywson nhw smic o sŵn y milwyr.

A phan ddaethon nhw allan o'r coed, hanner ffordd i fyny'r bryn, gallent weld goleuadau'r ffaglau'n fflachio, ymhell oddi tanynt yn y dyffryn. Ymhell o sŵn eu sibrwd, ac ymhell o allu cael eu gweld dan fantell y tywyllwch, anelodd yr Ynyswyr ac Anil am y dref ar hyd llwybr mwy cwmpasog gydag ochr y bryn, gan wylio pob cam o eiddo'u herlidwyr i lawr yn y dyffryn. Wedyn, wrth i'r tir godi gydag olion yr hen ffordd i mewn i'r dref, gorchmynnodd Gwenda i'r criw stopio. Llechodd y tri Ynyswr ac Anil yn isel yn y gwair tal tua hanner canllath oddi wrth y milwyr.

Roedd y milwyr yn trafod ymysg ei gilydd a oedden nhw am fynd ymhellach ai peidio. Ysgydwai un ei ben a phwyntio'n ôl i gyfeiriad y plas. Pwyntiai un arall tuag at y dref, a phob un o'r criw yn dweud ei bishyn yn y ddadl.

Roedd hi'n dechrau goleuo'r tamaid lleiaf dros Bumlumon, ac roedd hi'n amlwg nad oedd pob un o'r milwyr yn awyddus

i fynd i mewn i'r dref. Gwnaeth un fosiwns cyllell ar draws ei
wddf, ac ysgwyd ei ben:

'No she, no she, is cil, is trw.'

Ac yn raddol trodd cyfyng-gyngor y sawl a oedd yn gwneud
y penderfyniadau yn orchymyn i'r criw droi ar eu sodlau a
mynd yn ôl ar hyd llwybr yr hen ffordd tuag at gartref y Ni.

Wedi i'r Ni droi'r tro, anelodd y pedwar am y ffordd a
thuag at y dref.

'Awn ni ddim yn ôl i'r tŷ am rai dyddie,' meddai Gwenda.
'Rhag ofn iddyn nhw newid eu meddylie. Fe chwiliwn ni am
rywle i guddio ar y rhiw.'

'A Freyja ac Olaf?' holodd Gwawr.

Ac wrth iddi ddweud hynny, gwelodd y pedwar faner wen
yn hongian o un o'r adeiladau ar y rhiw. Daeth wyneb Freyja
i'r golwg yn un o ffenestri cwarelog yr adeilad mawr.

Ar ôl i'r lleill fynd i mewn i'r adeilad, soniodd y ddau sut
y dilynon nhw lwybr arall i'r dwyrain i gyfeiriad hen bentref
Llanbadarn a chyrraedd yn ôl ymhell cyn y lleill. Soniodd
Gwawr sut y bu i'r Ni osgoi dod yn agos i'r dref.

'Ond dech chi'n mentro!' hanner ceryddodd. 'Tynnwch
y faner ar unwaith. Fe allen nhw ei gweld hi o bell pe baen
nhw'n newid eu meddyliau a dod ar ein holau ni.'

Aeth Freyja at y ffenest.

'Dyma'n cartre ni am sbel,' meddai. 'Nes ein bod ni'n siŵr
nad ydyn nhw'n barod i fentro i mewn i'r dre. Croeso adre,'
meddai wedyn wrth Cai, Gwawr a Gwenda, cyn troi at Anil.
'A croeso aton ni, Anil.'

Gwenodd Anil ei wên fach swil, a daliodd Cai ei hun yn

gwenu hefyd. Methai roi ei fys ar y peth o gwbl, ond roedd rhywbeth am Anil a wnâi i'w du mewn doddi – ei swildod diniwed, ei anwyldeb.

Disgynnodd Gwawr ar ei heistedd, wedi ymlâdd, a golwg flin arni.

'Mil a hanner o filltiroedd, ac i be? I gael llwyth o anwariaid twp yn ysu am ein gwaed ni.'

Teimlodd Cai anghyfiawnder ei eiriau: ar wahân i Bwmbwm a'r milwyr, roedd y Ni oll i'w gweld yn llwyth digon heddychlon, yn bobl addfwyn hyd yn oed.

'Heblaw am Bwmbwm,' meddai, 'fydde 'na ddim trwbwl o gwbwl.'

'Ti'n swnio fel 'set ti'n difaru bo ni wedi dy achub di.'

Methai Cai gredu pa mor blentynnaidd y swniai Gwawr. Ystyriodd ddweud wrthi mai Anil oedd wedi achub ei fywyd, Anil oedd wedi siarad â Bwmbwm, wedi perswadio'r unben gwallgof i achub ei groen. Ond roedd Gwawr wedi bwrw yn ei blaen.

'Falle licet ti fod wedi aros 'na yng nghanol eu budreddi nhw.'

'Beth yw dy broblem di?'

'Bydde dwy geg yn llai 'da ni i fwydo pe baet ti wedi aros.'

Anil oedd y broblem! Cododd Cai ar ei draed fel bollt a chamu tuag ati.

'Os oes 'da ti rywbeth i'w ddweud, dwed e'n iawn!'

''Na ddigon!' Taranodd llais Gwenda ar eu traws wrth iddi gamu rhyngddyn nhw,

A'r eiliad nesaf, roedd pa bynnag ddiafol oedd wedi

meddiannu meddyliau Gwawr eiliad ynghynt wedi diflannu, ac roedd hi'n llawn edifeirwch.

'Ma'n ddrwg 'da fi,' meddai, gan roi ei phen yn ei dwylo, 'ma'r ddeuddydd dwetha 'ma wedi bod yn anodd.'

'I ni i gyd,' meddai Gwenda, a phlygu i roi ei braich am ysgwydd Gwawr.

Ystyriodd Cai wneud yr un fath a chyrcydu i roi ei fraich am ei hysgwydd arall. Yn lle hynny, aeth yn ôl i eistedd wrth ochr Anil, a welodd bopeth, heb ddeall rhyw lawer.

14

'DŴR MWYAR!' GWAEDDODD Gwenda pan oedd y dŵr
yn y sosban yn ffrwtian ar y berw, a thyrrodd y pump
arall o gwmpas y tân yn y grât.

Roedden nhw'n ôl yn y tŷ gwreiddiol ar y stryd fawr yn
y dref, ar ôl bod yn gwersylla am dridiau yn adeiladau'r hen
goleg ar y rhiw, rhag i'r Ni benderfynu mentro ymhellach i
mewn i'r dref ar eu holau.

Llwyddodd Anil i ddweud llawer wrthyn nhw drwy air ac
ystum, a Gwenda'n cyfieithu llawer o'i led-Saesneg. Dywedodd
fod y Ni wedi bod yn eu gwylio, bron ers iddyn nhw gyrraedd
y dref. Dangosodd yr adeilad lle buodd e a Wotsi'n gwylio'u
symudiadau. Soniodd wrthyn nhw sut roedd Dada Bwmbwm
wedi lladd hen arweinydd y Ni wrth ymladd rywbryd yn y
gorffennol, a mynnodd hefyd nad oedd pawb mor ddienaid
â'u harweinydd ynfyd.

Un annwyl oedd Anil. O dan y cudynnau caglog tywyll a'r
croen brown gan bridd a haul, roedd calon dyner. Siaradai
mewn llais nad oedd fawr mwy na sibrwd, ac roedd ganddo
ffordd o wenu'n dila bob tro nad oedd e cweit yn deall beth
roedd y lleill yn ei ddweud neu'n ei wneud. Yn union fel pe
bai'n dweud: 'Daliwch ati, fe ddof fi i ddeall,' a dal ei ben ar
dro fel pe bai'n gwyro i mewn i'w croeso iddo.

Gwelodd Gwawr y cwlwm oedd wedi'i greu rhwng Anil a Cai o'r dechrau un yn adeilad y plas, ac roedd hynny'n ennyn teimladau ynddi nad oedd hi erioed wedi bod yn ymwybodol o'u bodolaeth cyn hynny. Gallai ddeall pa mor ddiolchgar oedd Cai i Anil am achub ei gam wrth Bwmbwm, ond yr Ynyswyr, hi ei hun yn fwy na neb, oedd wedi rhoi eu bywydau mewn perygl er mwyn ei achub. Doedd y Cai newydd hwn ddim byd tebyg i'r cyfaill a arferai fod ganddi ar yr Ynys. Teimlai ei bod hi'n colli nabod ar ei ffrind.

Wedi i bawb gael llond cwpan o ddŵr mwyar, rhoddodd Gwenda gig tair llygoden fawr wedi'u blingo yn y sosban a dechrau coginio'r pryd o gig dyddiol i'r chwech ohonyn nhw.

Hyd yn hyn, doedd Anil ddim wedi bwyta cig llygoden fawr. Nawr, roedd Gwawr yn ei wylio'n llygadu'r cig yn awchus. Pa mor hir y gallai oroesi ar yr ychydig ffrwythau gwyllt a hadau a chnau a gynigiai luniaeth brin iddyn nhw ar wahân i'r cig? Beth bynnag am eu doniau hela, doedd yr Ynyswyr ddim cystal â'r Ni am wybod pa lystyfiant a phlanhigion brodorol i'w hel ar gyfer eu bwyta. Ond ni allai gredu ffolineb hwn yn hanner newynu o ryw barch cwbl ynfyd tuag at lygod mawr, o bopeth!

Roedd Gwenda wedi cynnig bob diwrnod, wedi annog Anil i fwyta'r cig llygod. Ac roedd Freyja wedi gwneud ei gorau i fynd ar drywydd ci gwyllt a oedd i'w glywed yn udo yn y nos, ond heb gael llwyddiant. Roedd Cai wedi syllu ar yr esgyrn dan groen gên ac ysgwyddau'r Niad, gan ysu iddo gymryd y cig. Ac roedd Gwawr wedi ei weld e'n syllu ac yn ysu.

Llwga i farwolaeth 'te, meddai yn ei phen, gan deimlo'i chyhyrau'n tynhau bob tro y byddai un o'r lleill yn mynd allan o'u ffordd yn eu hymdrech i'w gael i fwyta'n iawn. Ond doedd neb yn ceisio dwyn perswâd arno heddiw. Wedi iddo goginio drwyddo, torrodd Gwenda'r cig a'i rannu ar chwe phlât. Estynnodd y platiau i bawb, gan gynnwys Anil, heb ddweud gair.

Y tro hwn, cymerodd Anil ei blât, a dechrau bwyta. Gwelodd Gwawr y rhyddhad ar wyneb Cai.

'Is da, is trw,' meddai Anil, gan gnoi'r cig yn harti.

'Is da,' cytunodd Olaf gan chwerthin. 'Is da yffachol!'

*

'Mae 'na gynlluniau ar y gweill i storio'r hadau,' darllenodd Gwawr yn uchel. 'Rywle'n agos i brif adeilad y fridfa. Rywle o gyrraedd y tywydd ac unrhyw beryglon eraill. Mae 'na hen dwneli o dan y bryn lle saif y Llyfrgell, lle cuddiwyd trysorau cenedlaethol adeg yr ail ryfel byd. Gwe o dwneli. Mae'n bosib mai defnyddio'r rheini wnân nhw. Dwn i ddim a ddaw 'na ddim o'r cynlluniau.'

'Felly,' meddai Gwenda, 'yn union fel yr Ynys. Storfa hadau. Cylch cyfan Mam Un.'

'Tipyn o ddynes,' meddai Olaf. 'A ninne'n dipyn o bobol yn dilyn ei thaith hi.'

'Tybed beth fydde Mam Un yn ei neud o'r Ni?' meddai Gwawr. Wrth ei ddweud, gallai weld y cyhyrau yn ysgwyddau Cai yn tynhau. Daliodd Gwawr ati. 'Cyntefig, yn bendant.

Anwaraidd iawn, o gymharu ag Ynyswyr y genhedlaeth gynta, Mam Un a'i merched wedyn.'

'Gwawr…' dechreuodd Olaf mewn llais rhybuddiol.

'Be?' atebodd Gwawr yn ddiniwed reit.

Roedden nhw'n eistedd o flaen y grât mawr yn stafell fwyaf y tŷ. Roedd Cai wedi llwyddo dros rai dyddiau i glirio'r holl rwbel o dwll y simdde, a bellach codai'r mwg drwyddi ac allan drwy'r to heb chwythu'n ôl i mewn i'r stafell. Bwydent y fflamau â hen frigau a sbwrielach coed o weddillion drysau a fframiau ffenestri roedden nhw wedi'u casglu o gwmpas y dref.

Edrychodd Anil ar Gwawr wrth glywed enw ei lwyth yn cael ei ynganu.

'Mam Un?' holodd Gwawr iddo wedyn wrth ei weld yn edrych i'w chyfeiriad.

Ond ysgwyd ei ben a wnaeth Anil: doedd Mam Un yn golygu dim iddo.

'Llygod mawr oedd eu Mam Un nhw,' meddai Cai. 'Pwy a ŵyr, falle fod eu stori nhw yr un mor wir â'n hun ninne.'

'Ma'n stori ni wedi'i hysgrifennu,' dadleuodd Gwawr.

Cododd Cai ei ysgwyddau'n heriol: beth am hynny, roedd e i'w weld yn awgrymu.

'Dwed straeon wrthon ni, Anil,' meddai Olaf.

Ac ysgydwodd Anil ei ben eto i ddynodi nad oedd yn deall.

'Stori?' meddai Gwenda wedyn.

A daeth goleuni deall i lygaid Anil.

'Stori?' ailadroddodd. 'Mi got stori,' meddai. 'Stori môr.'

'Môr?' holodd Freyja, ac estyn ei breichiau gan symud ei bysedd fel tonnau.

'Is trw, is trw!' meddai Anil a'i lais yn llawn cyffro: roedd Freyja wedi deall! Edrychodd o'i gwmpas a gweld bod y lleill wedi deall 'môr' hefyd.

Yn raddol, dywedodd ei stori, stori'r Ni, am y lle y tu hwnt i'r môr lle roedd y meirw'n byw.

'Dyna'u crefydd nhw,' rhyfeddodd Cai. 'Dyna sy'n digwydd i'r meirwon yn eu golwg nhw.'

'O'n i'n meddwl mai'r llygod oedd yn bwyta'u cyrff nhw?' meddai Gwawr. 'Dyna ddwedodd e pan gyrhaeddodd e gynta, fod y llygod yn gwledda ar eu cyrff nhw.'

'Cyn mynd â nhw dros y môr. Oes raid i ti ame popeth?' dadleuodd Cai. Pam na allai Gwawr gau ei cheg a pheidio â dadlau am unwaith yn ei bywyd? 'Eu crefydd nhw yw'r straeon. Dyna maen nhw'n gredu. Yr un fath ag oedd yr hen bobol yn arfer credu mewn nefoedd ac uffern, maen nhw'n credu mai dros y môr ma'r meirw'n mynd.'

'Ac ers pryd wyt ti'n awdurdod ar grefydd y Ni?' brathodd Gwawr.

'Nefi wen!' torrodd Olaf ar eu traws yn flin. 'Oes gobeth 'newch chi'ch dau roi'r gore i gecru am un funud fach?'

Gwelai Gwawr y chwys ar ei dalcen. Rhaid ei fod wedi bod yn cnoi ei dafod yn hir cyn methu dal rhagor. Doedd Gwawr erioed wedi'i weld yn gwylltio fel hyn o'r blaen. Cododd Cai ar ei draed a dal ei law allan i Anil.

'Dere,' meddai'n dawel, a chododd Anil i ddilyn Cai allan.

Gwyliodd Gwawr y ddau'n mynd, a'r eiliad nesaf roedd

Olaf hefyd wedi gadael y stafell i gael llonydd yn un o stafelloedd eraill y tŷ.

Syllodd Gwawr ar Gwenda heb ddweud gair, ond doedd dim raid iddi siarad. Gwyddai Gwawr yn iawn beth oedd yn mynd drwy ei meddwl. Merch fach oedd Gwawr iddi.

Ni welai Gwawr fai arni am feddwl hynny chwaith. Ond ni wnâi bethau ronyn yn haws. Am y tro cyntaf yn ei hoes, sylweddolai Gwawr fod rhywun arall yn rhannu ei ffrind gorau â hi. Sylweddolai hefyd mai hen deimlad annifyr oedd e, un nad oedd arni eisiau ei deimlo, ond un na allai help ei deimlo chwaith. Ers dyddiau, roedd hi'n hiraethu am yr Ynys, ac am adeg arall.

*

Arno yntau roedd y bai am eu cweryla, gwyddai Anil yn iawn. Doedd hi, y ferch, ddim wedi ei groesawu â breichiau agored fel roedd y lleill wedi ei wneud. Doedd hi ddim wedi bod yn gas wrtho, ddim yn hollol. Rhyw deimlad oedd e, yng ngwaelod bol Anil, nad oedd Gwawr yn ei hoffi. Neu, yn fwy penodol, nad oedd hi'n hoffi ei gyfeillgarwch â Cai. A fu'r ddau'n ffrindiau gorau unwaith? Yn gariadon? Beth oedd eu hanes, a'r llinyn amlwg rhyngddyn nhw, er mai geiriau o gynnen oedd yn teithio ar hyd y llinyn yn amlach na pheidio?

Roedd e wedi mwynhau siarad gyda'r dieithriaid. Gwelodd yn fuan fod yr hynaf, y ddynes ddoeth, yn deall llawer iawn o'r hyn a ddywedai. Byddai'n trosi i'r lleill, ac yn ymddiddan ag ef mewn iaith debyg i'w iaith ef ei hun. Sut roedd hi'n deall cymaint, a hwythau wedi dod o mor bell i ffwrdd, dros y môr?

Dechreuodd Anil anesmwytho, er hynny, pan ofynnon nhw iddo am eu harferion, am eu meirwon. Doedd e ddim yn malio dweud wrthyn nhw am ei fam. Gallai siarad drwy'r dydd am ei fam. Ond roedd rhyw deimlad anghysurus yn mynnu troi yn ei fol pan ddywedodd e sut roedd y llygod yn bwyta'r meirwon, ac yna'n eu cario dros y môr i'w chwydu allan yn fyw ar yr ochr arall.

Nid dyna ddigwyddodd i'w fam. Ddywedodd e ddim o hynny wrth y dieithriaid. Ond er pan oedd yn blentyn, doedd Anil ddim wedi llwyr gredu'r stori am ei fam a'i frawd. Gwyddai eu bod nhw'n fyw pan aeth i chwilio am ddŵr i'w daflu dros y gwaed a ddaeth allan o'i fam adeg yr enedigaeth.

Saith oed oedd Anil. Roedden nhw wedi cerdded yn bell, yn llawer rhy bell, tuag at y twll yn y tir. Ei fam oedd eisiau dangos y Bocs iddo, er bod Anil wedi ei weld ganddi o'r blaen. Wedyn, roedd y poenau wedi dod yn y twll yn y tir, ac fe aned ei frawd o flaen y drws i'r twll.

Fe welodd Anil ei fam yn bwydo'i frawd. Ac wrth gario'r dŵr o'r afon, fe welodd e'r aderyn yn hedfan yn isel, gan dduo'r awyr uwch ei ben am ychydig. Hofrannodd am amser cyn disgyn i'r ddaear. Aderyn mawr du.

Ac fe welodd Anil ei fam, a'i frawd yn ei breichiau, yn cael ei llyncu i fol yr aderyn.

Dim llygod. Falle mai llygod oedd yn cario gweddill y Ni, ond aderyn a aeth â'i fam.

Roedd Anil wedi dechrau gweld ei nerth yn dychwelyd dros

y dyddiau wedi iddyn nhw gyrraedd y dref. Yn sicr, ers iddo ddechrau bwyta'r llygod mawr, gallai wynebu'r dyddiau gan wybod na fyddai wedi llwyr ymlâdd erbyn nos. Pa wiriondeb oedd wedi'i gadw rhag eu bwyta'n gynt? Arfer, mae'n siŵr, ofn neu chwithdod newid hen drefn. A'r peth doniol oedd mai eu hachub nhw wnaeth y llygod mawr cyntaf yn ôl y sôn: nawr, roedd eu cred yn hynny yn bygwth difa'r Ni. Pa synnwyr oedd yn hynny?

Wrth gerdded y cwta dair milltir o adre i'r dref, roedd Anil wedi teimlo fel chwydu sawl gwaith, er nad oedd dim yn ei stumog i'w daflu fyny chwaith. Ond roedd ei ben yn troi un ffordd a'i stumog yn troi'r ffordd arall, a diolch byth am law Cai i'w gynnal drwy dyfiant ochrau'r bryn a llawr y dyffryn wedyn.

Roedden nhw wedi cerdded ar hyd y llwybr roedd ei fam yn arfer ei ddilyn i'r dref, pan oedd bywyd adre gyda'r Ni yn annioddefol. Yn nyddiau ei blentyndod, hi oedd wedi ei gadw rhag tafod y garwaf o'r Ni, y geiriau cas, y galw enwau. Ac er nad oedd Bwmbwm yn awyddus i neb deithio i'r dref ar daith heb ei threfnu, roedd ei fam yn aml yn sleifio tuag yno o'r caeau, ac yntau i'w chanlyn, i gael eiliad o lonydd.

Doedd Dada Bwmbwm erioed wedi gallu ymddiried yn ei bobl ddigon i'w gadael allan o'i olwg. Caent fynd i'r caeau, i lafurio yn y fan honno am rawn, nes i'r grawn fethu; yn y rhychau tatws, tan i'r cnwd tatws fethu. Ond ni chaent fentro ymhellach: y milwyr yn unig oedd yn cael mynd i'r dref i weld beth allen nhw ei weld a allai fod o werth i ddyn neu i'w gi.

A chwarae teg, doedd neb yn bradychu ei fam pan âi ar ei

throeon. Wedi'r cyfan, câi hi dalu'n ôl i'r lleill drwy ddod ag afalau, neu lestri neu declynnau plastig o'r dref yn dâl am eu tawelwch.

Trysorai'r gadwyn am ei wddf, am mai gyda'i fam roedd e pan ddaeth ar ei thraws.

''Na ti, Anil,' meddai ei fam wrth glymu'r gadwyn am ei wddf. 'Neis peth is trw.'

Neis peth. Yn union fel ei fam.

Ni theimlodd am neb fel y teimlai am ei fam. Nid nes i Cai ymddangos, fel pe bai pelydrau'r haul wedi'i ollwng ar y ddaear fel yr afal ar y petryal metel. Teimlai ei fod yn deall Cai, er gwaetha'r rhwystr iaith rhyngddyn nhw. Teimlai fel pe bai i fod i ddod i'w nabod, fel pe bai eu llwybrau i fod i groesi.

Roedd Gwawr, er hynny, yn fater arall. Er ei waethaf, ni allai Anil gynhesu at y ferch. Teimlai elyniaeth yn pefrio ohoni. Nid gelyniaeth fel un Wotsi a'r lleill, ond rhyw ddrwgdybiaeth. Ac weithiau, teimlai Anil fel pe bai Gwawr yn lledaenu'r ddrwgdybiaeth honno i weddill y criw. Doedd ganddo ddim prawf o gwbl fod Gwawr yn siarad amdano y tu ôl i'w gefn, ond weithiau dôi'n ymwybodol o densiwn ymhlith y criw o'r Ynys.

'Dere,' clywodd lais Cai yn ei gymell i ddihuno.

Digon o synfyfyrio, meddyliodd Anil wrtho'i hun. Safai Cai uwch ei ben, a phicell yn ei law. Eglurodd wrtho mai eu tro nhw oedd hi i fynd i gadw gwyliadwriaeth yn agos at ben y bryn uwchben y dref.

Cadw gwyliadwriaeth rhag fy mhobl fy hun, meddyliodd Anil. Hen deimlad rhyfedd.

15

A R BEN Y bryn, roedd y wlad o'u cwmpas fel carthen wedi'i thaenu o'u blaenau. Carthen werdd garpiog, yn glytiau o wahanol wyrdd a melyn, a darnau brown. A choedwigoedd hwnt ac yma, a drysni rhyngddyn nhw, mieri'r hen gaeau agored a oedd wedi gordyfu dros ganrif. A llwyni a choed ifanc hwnt ac yma dros bob man fel smotiau bach o dyfiant iau yng nghanol hen dirlun y dyffryn.

Ddaeth neb i'r golwg, er y gallent weld bod dau neu dri yn dal i weithio yn y caeau i gyfeiriad y plas. Crafu'r tir am ronynnau grawn, hen hadau, unrhyw beth. Ond doedd dim golwg o filwyr Bwmbwm nac unrhyw arwydd eu bod nhw'n awyddus i ddod yn agos at y dref.

Gorau po hiraf y gwnaiff hynny barhau, meddyliodd Cai. Drwy iaith ac ystum, soniodd Anil wrth Cai am fywyd anodd y Ni, a cheisiodd Cai ddisgrifio bywyd ar yr Ynys iddo yntau. Ni wyddai faint a ddeallai'r Niad, ond roedd y rhannu ynddo'i hun yn bleserus.

Pwyntiodd Anil at bethau o'u cwmpas, at fynydd, at goeden, at laswelltyn, haul, nant, a rhannodd y ddau ieithoedd ei gilydd, a gwenu a rhyfeddu at y pontydd rhwng y ddwy.

Cerddodd y ddau ochr yn ochr ar hyd y grib ar gopa'r bryn, heb boeni llawer am guddio na chadw gwyliadwriaeth.

Pefriai'r haul i lawr arnyn nhw, ac am unwaith ni theimlai Cai ei fod yn rhy boeth i'w oddef.

Yn sydyn, cyffyrddodd ei law'n ddamweiniol ag un Anil wrth ei ymyl, a saethodd ias ar hyd meingefn Cai, fel pe bai'r haul wedi troi'n lwmp o rew ar amrantiad. Ac eto, nid ias amhleserus mohoni, er mor ddieithr oedd y teimlad a lenwodd ei galon.

Gafaelodd yn y llaw, a'i dal am eiliadau wrth iddyn nhw gerdded mewn distawrwydd. Ni thynnodd Anil ei law yn ôl.

Nid dyma'r tro cyntaf iddo afael yn llaw Anil, ceisiodd Cai resymu yn ei ben: roedd e wedi'i chynnig iddo wrth ddianc drwy'r coed, ac wedyn, mae'n siŵr, dros y dyddiau a dreuliodd Anil gyda nhw yn Aberystwyth, ond doedd hynny ddim yr un fath. Beth oedd y teimlad newydd a'i llenwai y tro hwn wrth i'w dwylo gyffwrdd?

Yr eiliad nesaf, roedd Cai wedi tynnu ei law'n rhydd, fel pe bai wedi ei drywanu gan rywbeth. Ni ddeallai ei hun. Ac roedd dieithrwch ei deimladau'n ei ddychryn.

'Ddrwg 'da fi,' sibrydodd.

Ond teimlodd law Anil yn estyn eto am ei law yntau, a'r tro hwn gadawodd iddi aros yno. Ni wyddai Cai ai ofn neu gyffro a lenwai ei gorff, gan fachu ar ei anadl. Be sy'n digwydd i fi? meddyliodd.

Yna daeth yn ymwybodol fod rhywun yn eu gwylio. Led cae i ffwrdd i gyfeiriad y dref, roedd cysgod yn camu y tu ôl i goeden.

Gwyddai Cai y byddai'n talu am ei brynhawn yng nghwmni

Anil ag oerfel Gwawr tuag ato, a thuag at Anil. Gwasgodd law
Anil yn dynnach. Dôi eu shifft i ben gyda machlud haul a
dôi dau arall o blith yr Ynyswyr i gymryd eu lle. Gobeithiai
Cai mai Gwawr fyddai un ohonynt. Ni allai feddwl am orfod
goddef ei hoerfel drwy gyda'r nos.

*

Doedd e ddim fel fe'i hunan o gwbl.

Golchodd Gwawr ei thraed yn nŵr y môr. Daethai yno i
fod ar ei phen ei hun, o ffordd y lleill. Ac o ffordd Cai ac Anil
yn fwy na neb.

Ers i'r bachgen, neu beth bynnag oedd e, y bodolaeth y tu
hwnt i iaith, ddod atyn nhw, neu gael ei ddwyn gyda nhw o
gartref y Ni, doedd Cai ddim wedi bod yr un fath.

Dros yr wythnos ers iddyn nhw gyrraedd yn ôl o gartref y
Ni, roedd e wedi mynd i wneud llai a llai gyda Gwawr a'r lleill,
a mwy a mwy gydag Anil. Roedd e wedi syrthio dan ei swyn
yn llwyr, ac yn ddall a byddar i ddim a wnaen nhw.

Bob shifft y gallai'r ddau ei rhannu gyda'i gilydd, fe fydden
nhw'n gwneud hynny. Ceisiodd Cai gyfiawnhau hynny drwy
ddweud mai dysgu Anil beth i'w wneud roedd e – ei ddysgu
i hela, er bod Anil yn gyfarwydd â gafael mewn picell a mynd
ar drywydd ci gwyllt, neu bysgodyn yn y môr; ei ddysgu i hel
ffrwythau, er bod Anil wedi cael llawer mwy o brofiad o hel
ffrwythau'r rhan hon o'r byd nag a gafodd Cai yn y cwta fis y
buon nhw yno; ei ddysgu i ddarllen wedyn, fel pe bai e'n deall
digon ar iaith cyfathrebu llafar i allu dechrau meddwl am

ddarllen Cymraeg o hen lyfrau'r Llyfrgell. A jôc oedd meddwl bod Cai am geisio rhoi'r argraff ei fod yn ddarllenwr brwd a deallus!

Lluchiodd Gwawr garreg wastad arall i'r môr.

Dod yno i gael llonydd, a hefyd i adael carreg Mam Un ymysg y cerrig eraill, oedd ei bwriad. Ni wyddai pam roedd hi am wneud hynny heno, ond roedd gweld Cai a'r Niad wedi gwneud iddi feddwl am y noson y cyrhaeddon nhw'r dref rai wythnosau ynghynt, a'r awren roedd hi a Cai wedi'i threulio'n gwylio'r môr ar ben Consti, yn ystyried tynged y garreg. Y noson arbennig iawn honno, cyn i Olaf roi gwybod am bresenoldeb y Ni diawledig. Doedd dim byd wedi bod yn iawn wedyn, ystyriodd Gwawr. A nawr roedd hi am gael gwared ar y garreg fel pe bai modd iddi ddileu'r noson honno gyda Cai o'i chof.

Ond doedd hi ddim wedi tynnu carreg Mam Un o'i phoced, a bron yn ddiarwybod iddi ei hun roedd hi wedi dechrau chwilio am gerrig llyfn ar y traeth yn lle hynny. Roedd cael cerrig gwastad y traeth i sgimio ar wyneb y môr yn gamp roedd ei thad wedi ei dysgu iddi'n blentyn, ac roedd gwneud hynny heno yn gwneud iddi feddwl am ei thad, ac am adre, yr adre go iawn. Ac am ryw reswm, roedd teimlo brath hiraeth yn gwneud iddi deimlo'n well am bethau eraill. Gwyddai y câi awr neu ddwy arall cyn i'r haul fynd o'r golwg, i lyfu ei chlwyfau yn ei chwmni ei hun.

Cofiodd am yr hyn roedd hi wedi'i ddarllen am gartref y Ni yn y Dyddiadur. Am y dref a'i hanes. Am y castell, a'i oresgynwyr Seisnig a Chymreig. Am y coleg yn yr adeilad od acw wrth y môr, a mannau eraill ar y rhiw lle roedd pobl o bob rhan o'r byd yn dod i astudio. Am y llyfrgell fawr, a ddaliai holl gof y Cymru. Am y bont, hen bont y brotest, lle roedd pobl wedi eistedd i rwystro'r ceir rhag mynd i mewn i'r dref, er mwyn plannu hedyn ymwybyddiaeth ym meddyliau'r genedl gyfan am y tro cyntaf erioed fod yr hyn a ddôi oddi ar eu tafodau'n bwysig: roedd gan Fam Un barch ofnadwy at y bobl hynny'n ôl yn niwloedd y gorffennol.

Ac am y storfa hadau. Falle'i bod hi wedi cael ei hadeiladu wedi'r cyfan, falle'i bod hi'n dal i fodoli. Ond pe bai yna storfa hadau, go brin y byddai caeau'r Ni mor llwm a gwag o ddim. Bellach, doedd gan y llwyth ddim ar ôl i'w wneud ond cribo gweddillion hen dyfiant yn y pridd ar berwyl ambell lond llaw o hadau, neu hen wreiddiau pydredig. Buan iawn y byddai newyn yn eu lladd, meddyliodd Gwawr. A hynny oherwydd eu crefydd eu hunain. Gall pobl fod mor dwp weithiau, meddyliodd.

'Beth ti'n trial neud, dofi'r tonne?' Daeth llais Olaf o ben uchaf y traeth.

Anelodd tuag ati. Beth oedd hwn eisiau nawr eto gyda'i ddwli? meddyliodd Gwawr. Chwech o bobl oedd yn byw yn y dref gyfan, a doedd dim llonydd i'w gael!

'Chwilio am funud fach o lonydd,' meddai Gwawr yn lluddiedig.

'A fi sy'n ca'l honna,' saethodd Olaf yn ôl. ''Sdim ots gyda fi, gei di 'niodde i,' gwenodd arni.

Ochneidiodd Gwawr wrthi ei hun wrth estyn carreg arall oddi ar y traeth wrth ei thraed.

'Dwi'n tueddu i fynd am dro yn y coed pan dwi mewn hwylie gwael,' meddai Olaf.

'Dwi ddim mewn hwylie gwael,' meddai Gwawr yn swta, gan hyrddio'r garreg â'i holl nerth. Suddodd heb sgimio unwaith.

'Gweda di,' meddai Olaf ac edrych o'i gwmpas am garreg iddo ef gael ei thaflu.

'Dwi *yn* gweud,' meddai Gwawr yn biwis.

'Iawn,' meddai Olaf. 'Ond fe alla i weud wrthot ti beth dwi'n neud pan dwi mewn hwylie gwael yr un fath.'

'Os ti moyn,' clepiodd Gwawr yn ôl.

'Coed,' eglurodd Olaf eto. 'Maen nhw'n well cwmni na cherrig y tra'th.'

Am ffŵl, meddyliodd Gwawr. 'Dwi ddim yn dy gredu di,' dechreuodd ddadlau. 'Dwyt ti byth mewn hwylie gwael, wedyn shwt alli di wbod?' Camodd Gwawr oddi wrtho. Doedd ganddi ddim amynedd o gwbl â'i wamalu dwl.

''Drycha,' meddai Olaf wedyn, yn fwy cymodlon. 'Dyw'r ffaith bo fi'n siarad dwli i neud i bawb wherthin ddim yn golygu bo fi mewn hwylie da bob amser.'

'Ti ddim yn neud i fi wherthin,' meddai Gwawr yn sychlyd.

'Mm,' meddai Olaf. 'A dyna'n rhoi i yn fy lle.'

Teimlodd Gwawr wên yn chwarae ar ochrau ei gwefusau. Os gwelodd Olaf hi, ddywedodd e ddim byd. Oedodd am eiliad, heb yngan gair. Tipyn o gamp iddo fe, meddyliodd Gwawr.

'Cai yw achos dy hwylie drwg di?' gofynnodd Olaf wedyn,

a chyn i Gwawr allu gwadu'r hwyliau drwg, neu'r ffaith mai Cai oedd yn eu hachosi, ychwanegodd, 'Dwi'n deall os mai 'te. Dwi wedi bod 'na'n hunan. 'Nôl ar yr Ynys, mae e wedi digwydd i fi droeon, gweld ffrindie'n mynd yn fwy o ffrindie gyda'i gilydd, a 'ngadel i ar ôl.'

''Sneb yn gwbod ei hanes e!' saethodd Gwawr ato, yn methu'n lân â dal rhagor. 'Anil! Falle'i fod e'n cadw llygad arnon ni ar eu rhan nhw, ar ran y Bwmbwm ofnadw 'na! Beth os yw e'n ei rwydo fe?'

'Rhwydo Cai?' holodd Olaf. 'Go brin, ma fe bach yn hen i ga'l ei rwydo.'

'Dwi ddim yn ei drysto fe, y Niad 'na. Fe. Hi. Nhw, beth bynnag galwi di fe.'

'Dyw e ddim yn nhw,' meddai Olaf. 'Un Anil sy 'na.'

'Beth bynnag yw e,' brathodd Gwawr yn flin.

'*Pwy* bynnag,' cywirodd Olaf. 'Anil, 'na pwy.'

Anadlodd Gwawr allan yn hir a chau ei llygaid yn dynn. Roedd hi mor anodd bod yn deg, bod yn garedig. Teimlai'n ddieithr iawn iddi hi ei hun weithiau.

Edrychodd Olaf ar Gwawr heb ddweud dim am eiliadau.

'Ti yw ei ffrind e o hyd,' meddai wedi'r saib, a theimlodd Gwawr rywbeth fel carreg yn cael ei gollwng y tu mewn iddi, yn ei chalon neu rywle. ''Sdim byd yn newid hynna.'

'Dwi ddim… ddim 'na beth… ti ddim yn deall… ddim 'ny,' bustachodd Gwawr i geisio mynegi'r hyn roedd hi'n ei feddwl, neu i roi'r argraff nad oedd hi'n meddwl yr hyn roedd hi'n ei feddwl.

Gwenodd Olaf arni a phlygu i godi carreg arall.

'Dwi'n trial bod yn deg,' meddai Gwawr, gan deimlo'r dagrau'n pigo ei llygaid, a gwybod ar yr un pryd nad oedd hi'n deg o gwbl.

'Tria bach yn galetach,' meddai Olaf wrthi gan wenu. Estynnodd garreg lefn iddi. 'Dere, rho gynnig ar honna.'

Plygodd Gwawr ei chefn wrth anelu'r garreg, a thynnu ei braich yn ôl cyn ei chwipio ymlaen a gadael fynd.

Bownsiodd saith gwaith cyn disgyn i ddyfnderoedd y bae.

16

Daliodd Gwawr e'n sleifio allan liw nos pan oedd y lleill yn cysgu.

Pan welodd Gwawr e'n codi'n dawel bach o'i wâl o hen garpiau yn y gornel wrth weddillion y tân, gwyddai fod y Niad yn meddwl bod pawb arall yn cysgu.

Dilynodd Gwawr e'n ddistaw bach. Gwyliodd o gysgod wal y tŷ wrth i Anil gerdded i ben uchaf y stryd. Hanner disgwyliodd Gwawr ei weld yn cyfarfod ag un o'r Ni yno er mwyn rhannu cyfrinachau am yr Ynyswyr.

Ond wnaeth e ddim. Edrychai o'r tu ôl fel pe bai gofidiau'r byd ar ei ysgwyddau. Hongiai ei ysgwyddau'n isel, fel pe bai wedi ymlâdd. Prin y gallai Gwawr gredu'r newid ynddo. Y bore hwnnw, roedd e wedi bod yn chwerthin lond ei fol gyda Cai am ben castiau Olaf. A'r prynhawn hwnnw, roedd hi wedi eu gweld nhw ar y bryn, yn gafael dwylo.

Nawr, roedd e'n llusgo'i draed wrth gerdded, ac yng ngolau'r lleuad gwargrymai fel rhywun sawl gwaith ei oed.

Doedd Cai ddim yn y tŷ: llwyddasai Freyja i'w berswadio i fynd i hela gyda hi dros nos i'r de, dros hen bont y brotest. Roedd ci wedi bod yn udo yn y coed ar yr ochr arall i'r bryn lle safai tŵr Pen Dinas ers rhai nosweithiau. Cofiodd Gwawr iddi deimlo rhywfaint o ryddhad mai Cai roedd Freyja wedi'i ddewis y tro hwn: doedd arni hi ddim tamaid o awydd treulio noson gyfan yn rhedeg drwy'r coed ar ôl anifail a allai ei llarpio hi'n fyw. Ar ben hynny, rhoddai rywfaint o amser pan na fyddai'n gorfod stumogi'r edrychiadau bach chwydlyd rhwng y ddau, a'r ffordd roedd Cai'n bachu ar bob gair a ddôi o geg Anil.

Sleifiodd Gwawr rywfaint yn agosach wrth i Anil gerdded yn ei flaen. Wiw iddi gael ei dal: byddai Anil yn siŵr o ddweud wrth Cai, ac wedyn byddai'n rhaid i Gwawr oddef yr embaras a'r artaith o wybod ei fod e'n gwybod, yn union fel pan ddaliodd hi nhw'n gafael dwylo ar gyrion y dref y prynhawn hwnnw. Doedd hi ddim wedi bod yn ysbïo arnyn nhw. Gwyddai mai dyna roedd Cai'n ei feddwl, ond doedd hi ddim. Mynd yno i gynnig bod yn gwmni iddyn nhw oedd hi, ceisio adeiladu pont rhyngddi hi ei hun ac Anil, ceisio dangos y gallen nhw i gyd fod yn ffrindiau, yn driawd.

Ond daethai oddi yno'n gwybod yn bendant nad oedd hynny byth yn mynd i allu digwydd.

Roedd y lleuad yn llawn, a gallai Gwawr weld i ben pellaf y stryd yr ochr draw i'r holl fieri a dyfai drwy'r craciau yn y concrid a'r coed ifanc rhwng y ddwy res o dai. Anelodd Gwawr i fyny'r rhiw ar hyd y llwybr roedden nhw wedi'i dorri drwy'r llystyfiant a'r concrid mâl, gan gadw llygad ar lle roedd hi'n rhoi ei thraed, heb golli golwg ar y cysgod o'i blaen.

Oedodd Gwawr am eiliad i feddwl: a oedd hi am alw arno? Neu ei ddilyn? Ac i ble? I beth?

Ceisiodd roi trefn ar ei meddyliau. Roedd hi'n amlwg fod Anil yn anelu am adref, at ei bobl. Os oedd hiraeth arno amdanyn nhw, doedd e ddim wedi dangos hyd yma. Efallai mai dyna fyddai orau, wedi'r cyfan – cadw bwlch amlwg rhwng y Ni a'r Ynyswyr, ffin barchus. Eu trin yn waraidd, yn garedig, ond cadw'r ddau lwyth ar wahân. Dyna fyddai gallaf i bawb – gadael i bopeth fynd yn ôl fel roedden nhw.

Rhybuddiodd llais arall yn ei phen y byddai peryg i Anil gael ei ladd pe bai'n mentro'n ôl at y llwyth. Ond roedd hynny'n annhebygol, rhesymodd wedyn. Go brin fod Bwmbwm hyd yn oed yn ddigon penwan i ladd un o'r ychydig Ni oedd ar ôl ar y ddaear.

Yna, roedd Anil wedi troi a'i gweld.

Rhewodd Gwawr. 'Lle ti'n mynd?'

'Adre,' meddai Anil. 'At Dada Bwmbwm, is trw.'

'Tu ôl i gefn Cai?' meddai Gwawr, gyda mwy o ddiddordeb nag o gyhuddiad yn ei llais.

Gwelodd Gwawr wedyn ei fod e'n crio, a mygodd y don o dosturi a ddaeth drosti'n ddiwahoddiad.

'Mi not-peth,' meddai Anil, gan bwyntio ato'i hun. 'Mi gwi-hanol.'

Ddim yn fe nac yn hi, meddyliodd Gwawr. Neu'n fe *ac* yn hi. Anlwc ei eni'n ddim byd o gwbl – neu'n bopeth ar yr un pryd, sydd lawn cyn waethed. Effaith ymbelydredd, nid anlwc, ar hyd y cenedlaethau a oedd yn dal i wneud i rai gael eu geni'n wahanol. Neu'n wahanol mewn ffordd wahanol i'r gwahanol ydyn ni beth bynnag, meddyliodd wedyn, gan deimlo brath euogrwydd ymhell bell y tu mewn iddi.

'Is Cai gw-boi,' ceisiodd Anil egluro. 'Is gw-boi ffor gw-gyrl.'

Ni ddeallodd Gwawr hyn, ond ni ofynnodd am esboniad. Roedd Anil wedi troi i fynd beth bynnag, gan adael Gwawr yn sefyll yno, yn gwylio'i gefn yn cilio oddi wrthi. Gallai alw arno, gwneud iddo wrando arni: paid â mynd, fe dorri di galon Cai, aros, Anil.

A chyda phob eiliad nad oedd hi'n ynganu'r geiriau, pob eiliad nad oedd hi'n eu gweiddi, roedd Anil yn cerdded oddi wrthi, un cam ar ôl y llall, yn nhawelwch y nos. Gallai alw arno, 'Bydd yn ffrind i fi, CaiaGwawr, GwawraCai, bydd yn ffrind i GwawraCai!'

Ond wnaeth hi ddim. Arhosodd nes na allai weld ei gysgod tywyll yn cerdded oddi wrthi mwyach.

*

Roedd hi wedi cyrraedd y tŷ pan glywodd y waedd o ben draw'r stryd: Cai a Freyja, yn dychwelyd o'r ochr draw i Ben Dinas. Aeth Gwawr at y drws. Cariai'r ddau garcas dau gi mawr am eu hysgwyddau. Prin fod Gwawr wedi gweld cymaint o gig ers iddyn nhw lanio ar yr ynysoedd hyn. Anadlodd Cai ei ryddhad wrth ollwng ei faich ar y llawr o flaen y drws i'r tŷ.

'Ble ma Anil?' holodd pan ddaeth i mewn, ac edrych o'i gwmpas. Roedd y garthen roedd Anil wedi bod yn cysgu oddi tani ar lawr wrth y lle tân wedi'i phlygu'n dwt a dim golwg o Anil.

Rhythodd Gwawr arno, a chyn iddi allu ystyried, roedd y celwydd wedi gadael ei cheg.

''Sdim syniad 'da fi.'

*

Drwy weddill y nos a'r bore wedyn, bu Cai'n chwilio am Anil yn y dref. Cafodd gymorth y lleill i wneud hynny, ond ceisiodd Gwenda ei gael i ddeall mai mynd adref o'i wirfodd a wnaethai Anil yn ôl pob golwg. Gwelsai ei gyfle i lithro allan wedi nos, ac ar noson pan nad oedd Cai yno i geisio dwyn perswâd arno i aros.

'Alli di ddim gweld bai arno,' ceisiodd Gwenda ymresymu. 'Falle fod hiraeth arno fe am ei bobol.'

'Hiraeth am unben lloerig sy'n debyg o'i ladd e?' gwaeddodd Cai arni.

'Wnaiff Bwmbwm ddim,' meddai Gwenda'n bwyllog. 'Fe lwyddodd Anil i'w berswadio fe i beidio dy ladd di, yn do fe?'

Yn y diwedd, roedd Cai wedi rhoi'r gorau i chwilio am Anil, ac o'r diwedd wedi ildio i awr neu ddwy o gwsg ar ôl bod yn effro drwy'r nos. Eisteddodd Gwawr yn yr un stafell â lle cysgai, yn ymladd brwydr fwyaf ei hoes â hi ei hun.

Câi ei rhwygo gan yr euogrwydd a oedd yn bwyta'i thu mewn. Gwyddai na ddôi dim lles i neb – heblaw iddi hi ei hun – o gyfadde iddi weld Anil yn gadael, iddi fethu dweud gair i'w atal rhag mynd.

Pam na fyddai hi wedi dweud yn syth ar ôl i Cai gyrraedd

yn ôl fod Anil wedi mynd adre i'r plas? Fyddai neb wedi gweld bai arni am fethu ei rwystro, fyddai neb fawr callach na wnaeth hi unrhyw ymdrech i'w rwystro. Ond yn lle hynny, roedd hi wedi gwadu iddi ei weld, gan wneud y llwybr i faddeuant – ynddi hi ei hun yn gymaint â chan Cai – gymaint yn fwy anodd.

Melltithiai ei hun. Melltithiai Cai, melltithiai Anil, difarai ddod i'r wlad gythreulig hon lle roedd eraill eisoes yn byw, a llawer mwy o hawl ganddyn nhw ar Gymru Mam Un nag oedd ganddi hi. Ysai am fod yn ôl ar yr Ynys, yn ôl yn ei hen fywyd, lle roedd popeth mor hawdd. Lle roedd hi i fod.

Os oedd hi wedi meddwl am un hanner eiliad wallgo yr anghofiai Cai am Anil yn syth pan ddiflannai o'i fywyd, roedd chwilio enbyd Cai dros yr oriau diwethaf wedi dangos iddi'n glir nad oedd hynny'n mynd i ddigwydd. Doedd hi, ei ffrind gorau ers oes oesoedd amen, byth yn mynd i ffitio'r twll siâp Anil yng nghalon Cai.

'Anil…' mwmiodd Cai wrth esgyn drwy haenau ei gwsg byr.

Aeth Gwawr ato, a'i chalon yn torri. Gosododd ei llaw ar dalcen ei ffrind. Agorodd Cai ei lygaid, ac anadlu allan yn ddwfn wrth gofio bod Anil wedi mynd.

'Ti sy 'na,' meddai wrth Gwawr, a darllenodd hithau siom yn ei lais.

Cododd Cai ar ei eistedd.

'Ti'n mynd allan i chwilio eto?' holodd Gwawr.

'I be?' meddai Cai. 'Mae e wedi mynd 'nôl at y Ni. Bydd raid i fi ddysgu byw 'da'r ffaith.'

'Nhw yw ei bobol e,' meddai Gwawr.

'O'n i wedi dachre gobeitho bo fi'n un o'i bobol e,' meddai Cai, wrtho'i hun yn gymaint ag wrthi hi.

'Do'n i ddim yn gwbod...' dechreuodd Gwawr. Ond er na allai orffen y frawddeg, roedd Cai wedi deall.

'Na finne chwaith,' meddai, gan roi chwerthiniad bach, 'ond dyw cariad ddim yn darllen labeli, ma'n amlwg.'

Gafaelodd Gwawr ynddo i'w gofleidio'n dynn ati rhag iddo weld y dagrau yn ei llygaid. Plygodd Cai ei ben i'w chysur, heb weld dim ar y storm y tu mewn iddi.

Ar hyn, daeth gwaedd o'r tu allan: Freyja.

'Ma rhywun yn saethu aton ni!'

17

Rhedodd Cai a Gwawr allan o'r tŷ i'r stryd, lle roedd Freyja'n pwyntio at y graig uwchben y dref i ddangos o ba gyfeiriad roedd y saeth wedi dod.

'O'dd hi o fewn metr i'n lladd i,' meddai.

'Y Ni!' ebychodd Gwawr.

'Bwmbwm a'i filwyr!' cywirodd Cai.

Gorchmynnodd Gwenda iddyn nhw afael yn eu stôr o bicelli, a bwa a saeth Freyja, a mynd i gilio i rywle lle na fyddai milwyr Bwmbwm yn debygol o ddod i chwilio amdanyn nhw. Gwyliodd Gwawr y stryd a'r cilfachau o fewn golwg tra bu'r lleill yn casglu'r arfau o'r tŷ.

Anelodd yr Ynyswyr i gyfeiriad pen uchaf yr hen dref. Ond wrth droi'r gornel tuag at y stryd at hen bont y brotest, glaniodd saeth arall o fewn hanner metr i Gwawr, o gyfeiriad y môr, felly anelodd y pump tuag at y castell.

'Gwawr, Cai, ewch i guddio tu ôl i'r wal uchel wrth y porth gorllewinol,' gorchmynnodd Gwenda'n gyflym. 'Freyja, tu ôl i'r codiad tir sy'n wynebu'r harbwr. Olaf, dere gyda fi ffor'ma!' Anelodd ar hyd y wal fechan ar ymyl ogleddol y castell.

Rhedodd Gwawr a Cai at y wal roedd Gwenda wedi pwyntio ati, gan edrych o'u cwmpas wrth fynd. Roedd gan Gwawr ddwy bicell yn ei llaw, ac roedd tair gan Cai, ond roedden nhw'n gwybod yn iawn nad oedd picelli'n fawr o amddiffyniad rhag bwa a saethau milwyr Bwmbwm.

Pa hurtrwydd a gymhellodd Bwmbwm i newid ei feddwl a dod i'r dref i ymosod arnyn nhw? meddyliodd Cai. Sut roedd dychweliad Anil, a chymryd mai 'nôl i'r plas yr aeth e, wedi peri i'r ynfytyn hanner call a dwl droi am y dref i'w lladd nhw?

Cyrcydodd Gwawr y tu ôl i wal isel ar ben yr ychydig stepiau a droellai i fyny gweddillion hen dŵr bychan. Ceisiodd dawelu ei nerfau drwy geisio cofio beth roedd Mam Un wedi'i ddweud am y lle: castell y Saeson i gadw trefn ar y Cymry, ond castell a gipiwyd gan Glyndŵr ar ddechrau'r bymthegfed ganrif. Bwa a saeth fyddai eu harfau nhw hefyd, meddyliodd.

'Paid â gadael iddyn nhw dy weld di!' sibrydodd ar Cai, a fynnai godi ei ben uwch y wal fechan a'u cuddiai.

Gallai glywed lleisiau rhai o filwyr Bwmbwm bellach yn agosáu at y castell heibio i adfail anferth hen eglwys rhwng y castell ac adeilad od y coleg, a edrychai fel rhywbeth a berthynai i fyd gwahanol iawn. Gwyliodd Gwawr gan ddal ei gwynt wrth i ddau ohonyn nhw, yn cario bob o fwa a saeth, nesu i'w cyfeiriad.

Yr eiliad nesaf, roedden nhw wedi gweld Olaf ym mhen arall y castell, ac yn anelu eu saethau tuag ato.

Roedd Cai wedi gweld hefyd, ac wedi codi ei bicell.

'Paid,' sibrydodd Gwawr, 'neu ddangosi di lle ry'n ni!'

Roedd Olaf wedi cilio o'r golwg erbyn hynny beth bynnag, rywle y tu ôl i'r codiad tir wrth ymyl y môr, a glaniodd saeth y milwr ar y ddaear galed yng nghanol y castell. Ond roedd ei weld wedi cadarnhau i'r milwyr mai dyma lle roedden nhw'n cuddio.

Daeth tri milwr arall i'r golwg. Cofiodd Cai mai'r rhain oedd yn barod iawn â'u picelli – y milwyr a ffurfiai'r fyddin graidd o chwech o ddynion garwaf Bwmbwm. Neu o leiaf, meddyliodd, roedd y ffaith eu bod nhw'n ufuddhau i orchmynion Bwmbwm yn eu gwneud nhw'n arw.

Daeth tri o ddynion eraill i'r golwg o ganol y castell gan saethu ofn drwy wythiennau Gwawr: doedd hi ddim wedi eu gweld yn nesu.

'Chwech o filwyr,' mwmiodd Cai.

'A phump ohonon ni.'

'Dyw hynny ddim yn cyfri Bwmbwm ei hunan,' meddai Cai. 'Fydd e ddim ymhell. Go brin y bydde'r rhain wedi bodloni i ymosod arnon ni heblaw ei fod e'n dilyn yn rhywle fel gwynt lla'th wedi troi.'

Roedd y chwe milwr wedi cyrraedd canol y castell a'r cylch o gerrig mawr a ddisgrifiodd Mam Un yn ei Dyddiadur fel 'cerrig yr orsedd'. Wynebai pob milwr am allan a'u cefnau at ei gilydd, a bwa a saeth gan bob un yn barod i'w saethu.

'Beth ar wyneb y ddaear…?' dechreuodd Gwawr. Edrychent fel pe baen nhw ar fin rhoi cyflwyniad dawns yng nghanol y cerrig, ar annel i wyth cyfeiriad.

Yna, ymddangosodd Bwmbwm drwy adfeilion porth gogleddol y castell a chamu at y garreg wastad yn y canol rhwng y lleill. Sylwodd Gwawr ei fod e'n gafael mewn rhaff a oedd yn sownd wrth arddyrnau rhywun a dynnai ar ei ôl fel ci.

'Anil!' ebychodd Cai.

Lledodd y milwyr rai camau oddi wrth ei gilydd nes eu bod yn gwarchod y garreg yn y canol lle safai Bwmbwm ac Anil.

Teimlodd Gwawr gyhyrau Cai'n tynhau wrth ei hymyl, a bu bron iddi estyn ei llaw i wneud yn siŵr na fyddai'n codi ei ben uwchben y wal lle roedden nhw'n penlinio.

'Chi!' daeth bloedd o enau Bwmbwm, a'r eiliad nesaf roedd e'n plygu i dynnu cyllell fawr lydan ei llafn o'i rhwymyn ar waelod ei goes. Daliodd y gyllell at wddf Anil.

'Na!' ebychodd Cai, a throdd un o'r milwyr ei ben wrth ei glywed. Sganiodd ei lygaid y waliau.

Estynnodd Gwawr ei llaw at ei fraich: doedd wiw iddyn nhw wneud dim byd yn fyrbwyll.

'Chi gif-yp!' gwaeddodd Bwmbwm. 'Is marw Anil iff chi no gif-yp!' A throdd yn ei unfan i syllu ar bob cwr o'r castell i roi'r argraff ei fod e'n gweld pob un ohonyn nhw.

Wrth deimlo Cai'n dechrau sythu, pwysodd Gwawr ei llaw'n gadarn ar ei ysgwydd, a sibrwd i'w glust.

'Gwrando ar beth sy 'da fe i weud, ei gadw fe i siarad, 'na'r peth calla! Ti'n gwbod shwt mae e'n lico clywed ei lais ei hunan!'

'Bwmbwm sei!' gwaeddodd yr unben eto. 'Bwmbwm sei is Anil marw iff no chi gif-yp!'

Ac ar hyn, gwasgodd y gyllell yn ddyfnach i gnawd Anil, heb ei dorri eto ond yn beryglus o agos at wneud.

Ac ar amrantiad, cododd Cai. Ond roedd Gwawr wedi achub y blaen arno, ac wedi llamu o'i chuddfan.

'Na! Gwawr!' bloeddiodd Cai.

Ond doedd hi ddim yn gwrando. Camodd i lawr y stepiau'n bwrpasol ac yn bwyllog, ac allan i'r gwair yng nghanol y castell. Yn araf bach, plygodd i osod ei phicelli ar y llawr, a chamu i gyfeiriad y milwyr a'i dwylo ar led o boptu iddi.

'Gwawr!' galwodd Cai eto, heb boeni am guddio mwyach, ond yn ofni symud cam rhag i'r milwyr ddarllen hynny fel bygythiad a'i saethu fe a Gwawr cyn i'r un gair gael ei yngan.

'Cymer fi yn ei le fe,' meddai Gwawr wrth Bwmbwm.

'Is wot?' gofynnodd Bwmbwm yn ddiddeall.

'Na, Gwawr...' dechreuodd Anil.

Ond mynnu wnaeth Gwawr. 'Dwed wrtho fe!'

Ac yn anfoddog, cyfieithodd Anil yr hyn roedd hi wedi'i ddweud.

Pan ddeallodd, gwenodd Bwmbwm wên ffiaidd a wnâi i galon Gwawr grynu yn ei mynwes. Edrychodd arni o'i chorun i'w sawdl, a mwynhau'r hyn a welai.

Ond doedd Gwawr ddim am newid ei meddwl. Camodd yn agosach at y ddau, a chydag un symudiad chwyrn hyrddiodd Bwmbwm Anil o'i ffordd, ar ôl estyn am arddwrn Gwawr.

'He he he,' chwarddodd yn falch wrth ei thynnu ato.

Teimlodd Gwawr ei ewinedd brwnt yn torri i mewn i gnawd ei garddwrn, a min y gyllell ar ei gwddf wedi iddo ei gosod yno.

'A chi lot!' gwaeddodd Bwmbwm. 'Is rest o chi lot?'

'Na,' gwaeddodd Gwawr. 'Arhoswch lle ry'ch chi!'

Gwelodd Gwawr Anil yn cyrraedd diogelwch breichiau

Cai. Tynnodd y rhaff oddi ar ei arddyrnau. Ond roedd Cai eisoes wedi camu tuag at y canol, a'i bicelli yn ei law.

'Is ros!' gorchmynnodd Bwmbwm wrth ei weld yn nesu.

Arhosodd Cai. Am eiliad, roedd e'n ystyried y posibilrwydd o ymosod ar y milwyr i gyd, a Bwmbwm, ond roedd llais Gwenda'n ei orchymyn i osod ei arfau ar lawr. Gwelodd Gwawr ei bod hithau hefyd wedi dod allan o'i chuddfan.

Roedd hi ar ben, beth bynnag a wnâi Cai – ymladd un yn erbyn chwech, neu ildio ei arfau, meddyliodd Gwawr. Gosododd Cai ei bicelli ar ben ei rhai hithau. Cyn pen dim, byddai'r pump ohonyn nhw, ac Anil, yn cael eu martsio 'nôl i'r plas ar drugaredd Bwmbwm.

A thrugaredd oedd y rhinwedd olaf a berthynai i'r ffŵl.

Teimlodd Gwawr y gyllell ar ei chnawd wrth iddi wylio Cai'n codi ei freichiau a chamu'n agosach at y canol yn ara deg.

'Shŵt e! Marw fe!' gwaeddodd Bwmbwm ar ei filwyr.

'Na!' sgrechiodd Gwawr.

Ond ar yr un eiliad, sylweddolodd hefyd nad oedd yr un o'r milwyr yn codi eu bwâu.

'Is wot?' holodd un i'w gymydog.

'Shŵt!' gwaeddodd Bwmbwm yn fwy chwyrn. 'Marw fe! Shŵt! Shŵt!'

Ond doedd gan filwyr Bwmbwm fawr o awydd gweld gwaed. Tin-droi a wnaent, yn meddwl am ffordd o wrthod ufuddhau i orchymyn Bwmbwm heb iddo ddial arnyn nhw. Dydyn nhw ddim i gyd fel Bwmbwm, meddyliodd Gwawr, a synnu braidd nad oedd hi wedi deall hynny tan nawr.

Roedd Bwmbwm bellach yn gweiddi pob math o fygythiadau ar ei filwyr, a Gwawr yn teimlo'r gyllell yn suddo'n ddyfnach i groen ei gwddf. Wrth i Bwmbwm gynhyrfu, ofnai i'r gyllell ei thorri'n angheuol heb i Bwmbwm fwriadu gwneud hynny hyd yn oed. Dechreuodd un neu ddau o'r milwyr sylweddoli nad oedd ganddynt fawr o ddewis ond gwneud fel roedd Bwmbwm yn ei orchymyn. Cododd un ei fwa a dechrau tynnu'r saeth yn ôl.

'Un eiliad!' Camodd Olaf o'r cysgodion.

'Is wot *nawr*?!' holodd Bwmbwm yn rhwystredig. Pryd oedd e'n mynd i gael ei waed?

'Y peth yw hyn,' dechreuodd Olaf. 'Ma golwg llwgu arnoch chi i gyd, a ma gyda fi ddau gi cyfan yn y tŷ yn barod i wledda arnyn nhw. Nawr, fydde hi ddim yn neud mwy o synnwyr i ni gyd fynd gatre'n blant da i goginio'r ddau garcas, yn lle whare gemau dwl fan hyn? Ma rywun yn mynd i ga'l dolur os na fyddwn ni'n ofalus.'

Rhythodd y Ni arno fel pe bai e wedi glanio o'r lleuad.

'Is *wot*?' meddai Bwmbwm, heb dynnu ei lygaid oddi arno.

Camodd Anil ymlaen i gynnig cyfieithiad, orau y gallai, o'r hyn roedd Olaf wedi'i ddweud.

'Dau cai,' dechreuodd. 'Is dau cai i byt.'

Cynigiodd Olaf ragor o fanylion i Anil eu cyfieithu wrth weld y milwyr yn gostwng eu harfau a dechrau gwenu ar ei gilydd. Fe ddôi'r Ynyswyr â'r carcasau draw i'r plas iddyn nhw gael gwledda hyd nes eu bod nhw'n methu symud.

Yn araf bach, wrth i'r sylweddoliad ei fod e'n mynd i gael

pryd o fwyd iawn am y tro cyntaf ers misoedd daro Bwmbwm, estynnodd Gwawr ei llaw i afael yn y gyllell yn araf bach o'i law yntau.

Camodd oddi wrtho, ond doedd Bwmbwm ddim i'w weld yn sylwi. Ac o dipyn i beth, llwyddodd i nodio'i ben ar Olaf.

'Is ti gw-boi,' gwenodd arno, gan gofio'r goglais y tro cyntaf iddyn nhw gyfarfod yn y plas. 'Icl-icl!' Plygodd ei fys ar Olaf, mewn ystum goglais. 'Icl-icl!'

Yna, roedd e wedi troi i arwain ei filwyr mewn rhyw fath o lesmair allan drwy borth y castell. Ni wyddai'r milwyr yn iawn bellach ai ei warchod roedden nhw'n ei wneud, neu ei gadw rhag ymroi i ryw chwiw arall benchwiban a beryglai ddyn ac anifail.

Cyn hir, roedd y naw yn cerdded o'r dref tuag at y plas.

'Shwt yffach chi wedi'i ddiodde fe mor hir?' holodd Cai i Anil.

Ond doedd Anil ddim yn ei glywed. Roedd e wedi troi at Gwawr i ddiolch iddi. Wnaeth Gwawr ddim gadael iddo ddod o hyd i'r geiriau a fynegai ddyfnder ei ddiolch iddi – roedd hi wedi ei dynnu i'w breichiau a'i wasgu ati'n dynn, dynn.

'Dwi ddim yn mynd i adel i ti ddianc oddi wrthon ni eto,' meddai Gwawr. 'Fan hyn wyt ti i fod. Gyda Cai. Gyda ni.'

'18

Daeth Olaf o hyd i'r certi bach oedd wedi cario'u pethau o arfordir dwyrain Lloegr, a chlymodd nhw at ei gilydd i wneud rhai mwy ar gyfer gosod cyrff y cŵn arnynt fel na fyddai'n rhaid iddynt eu cario yn eu breichiau i fyny'r rhiw o'r dref ac i lawr tuag at y plas. Gafaelodd Freyja yn ei bwa a saeth ond mynnodd Gwenda mai mynd hebddo fyddai orau. Cyflwyno'r cŵn, ennill cymod.

'A bydd pawb yn byw'n hapus byth wedyn,' meddai Olaf.

'Gyda rhywfaint o lwc,' meddai Gwenda.

'Is byt!' oedd y gri oedd yn eu dilyn wrth iddynt gyrraedd. Safai Bwmbwm o flaen drws y plas, a'i gi'n hepian wrth ei ymyl. Ni fedrai dynnu ei lygaid oddi ar y cŵn lladdedig ar y certi.

'Heddwch,' meddai Cai. 'Dyna ry'n ni isie. Heddwch rhyngoch chi a ni.'

'Yy?' oedd ateb Bwmbwm, heb dynnu ei lygaid oddi ar yr hyn a fyddai'n swper iddo.

Ceisiodd Anil roi cynnig ar araith o gymod. 'Is ffrinds, Dada Bwmbwm, she ni bo'n ffrinds, ni a nw!'

'Naaa,' meddai Bwmbwm ar ôl hir ystyried. 'Naaa, ni Ni, nw…' ac yn y fan hon gwnaeth ystum a ddynodai nad oedd ganddo unrhyw syniad beth i alw'r Ynyswyr.

''Sna'm rhaid i ni fod yn ddieithriaid,' dechreuodd Cai arni eto, gan wybod y byddai waeth iddo fod wedi siarad Norwyeg â hwn o ran faint roedd e'n ei ddeall.

'Ni ffrinds,' mentrodd Gwenda. 'Ni a chi ffrinds… a dyma fwyd i chi,' amneidiodd at y cig ac yna at Bwmbwm.

'I fi!' lledodd gwên lydan dros wyneb Bwmbwm wrth i'r cig ennyn ei holl sylw unwaith eto.

'I bawb,' meddai Gwenda, a lledu ei breichiau i gynnwys y Ni oll.

'I fi!' meddai Bwmbwm eto, fel pe bai mewn llesmair.

Camodd un o'r milwyr yn agosach at y cyrff ar y certi.

'I fi,' mentrodd.

Ac yna roedd y milwyr eraill yn gwneud yr un peth, a'r bobl gyffredin a oedd wedi heidio i mewn i'r plas i ganlyn gwynt y cig amrwd. A phawb yn llafarganu, 'I fi, i fi!' Gwnâi chwant bwyd y Ni yn fentrus, ac roedd y llygedyn o obaith na fydden nhw'n llwgu i farwolaeth wedi'r cyfan yn adfer nerth i'w lleisiau.

Daeth cysgod o ofn dros wyneb Bwmbwm wrth iddo ddeffro o'i lesmair a sylweddoli ei fod e'n mynd i orfod rhannu ei ginio os oedd e am gadw ei orsedd.

'I bawb,' ildiodd. Ac yna'n uwch: 'I bawb! Is shysh! Is shysh! Shyrryp!'

Wedi i bawb ddistewi, trodd Bwmbwm yn ôl at yr Ynyswyr. Gwnaeth ystum arnyn nhw i fynd.

'Cer!' bloeddiodd.

Edrychodd yr Ynyswyr ar ei gilydd.

'Ydi hynna'n golygu fod popeth yn iawn rhyngon nhw a ni

nawr?' gofynnodd Olaf i'r lleill. 'Neu yw e'n golygu'n bod ni wedi colli sawl pryd o fwyd i ddim pwrpas?'

'Ma popeth yn help,' meddai Gwenda. 'Fe fydd e'n llai amheus ohonon ni. Dewch!'

Ac anelodd y criw am y drws.

'Ros!' Daeth llais Bwmbwm unwaith eto.

Safodd yr Ynyswyr yn stond a throi i weld pa ddoethineb anhuawdl a ddôi o safn yr unben hunanol, penchwiban y tro hwn.

'Anil is ros,' meddai.

Gwelodd Cai a'r lleill wyneb Anil yn gwelwi.

'Na, Dada Bwmbwm,' dechreuodd erfyn. 'Na, sblîs, Dada Bwmbwm, mi no ros!'

'Ti ros!' gorchmynnodd Bwmbwm.

'Gyda ni ma Anil nawr,' meddai Cai. 'No ros! Ma fe'n dod gyda ni. No ros, 'da-ni!'

Camodd y milwyr ymlaen yn ansicr wrth i Bwmbwm glician ei fysedd. Doedden nhw ddim yn siŵr faint o awdurdod oedd ar ôl gan y teyrn bach truenus drostyn nhw bellach.

'Bwmbwm!' gwaeddodd Anil i atal y dynion rhag gafael ynddo. A rhaid bod y waedd yn syndod i'r milwyr, gan iddyn nhw gamu'n ôl. Doedd Anil ddim wedi arfer gweiddi ar neb, roedd hynny'n amlwg.

Ac roedd y waedd yn syndod i Bwmbwm hefyd, gan iddo oedi am eiliad, a dangos gwendid.

'Be?' meddai'n llywaeth.

Camodd Anil o flaen ei frenin.

'Si lwc,' meddai, a thynnu ei ddwylo o'i flaen i wneud i

Bwmbwm edrych, i wneud iddo sylwi ar y newid yn ei gorff mewn cwta wythnos ers iddo fynd i fyw gyda'r Ynyswyr yn y dref. 'Si lwc mi.'

Cododd ei grys i Bwmbwm allu gweld y cnawd ar ei asennau. Nododd Cai fod lliw ei groen yn llawer goleuach ers iddo gael ei berswadio i fynd i olchi yn y môr bob hyn a hyn o ddyddiau. Edrychai'n oleuach na neb o'r Ni, a bron mor olau â Cai ei hun.

Dechreuodd Anil siarad, a wir, roedd Bwmbwm fel pe bai'n gwrando arno. Gallai Gwenda ddeall rhywfaint ar y fratiaith gymysg Gymraeg a Saesneg.

'Dangos iddo fe ein bod ni'n gallu hela ma Anil,' mentrodd fwmian wrth yr Ynyswyr eraill. 'Dangos y gallwn ni eu cadw nhw'n fyw drwy ddod â chŵn iddyn nhw.'

Pwyntiai Anil ato'i hun i ddangos i Bwmbwm ei fod yntau hefyd yn dysgu sut i hela'n well, yn dysgu sut i ddilyn trywydd cŵn yn well. Yr Ynyswyr oedd yr arbenigwyr ar hela cŵn, gwybod am eu ffyrdd nhw, eu holion nhw, lle roedden nhw'n debygol o fod. Ond doedd Bwmbwm ddim fel pe bai'n cael ei argyhoeddi.

Ceisiodd Gwawr roi ei hun yn esgidiau Bwmbwm a meddwl beth oedd yn ei gymell i fod eisiau cadw Anil yma. Ai am ddangos i'w lwyth oedd e ei fod e'n gryf ac yn gadarn? A beth fyddai'n digwydd i'r cŵn wedi iddyn nhw adael? Ai fe, Bwmbwm, fyddai'r unig un i elwa o'r bwyd? A allai e fod mor dwp â mynnu'r cig i gyd iddo'i hun, a gadael i weddill ei lwyth lwgu?

'Bwmbwm,' mentrodd Gwawr, gan dorri ar draws y

drafodaeth rhwng Anil a Bwmbwm. 'Ma'r cŵn yn mynd i ddrewi os na chyneui di dân i'w coginio nhw.'

Gafaelodd yn ei thrwyn a gwneud ystum gwynt drwg. Deallodd Anil, a throsi'r wybodaeth er mwyn Bwmbwm.

'Arhoswn ni 'ma,' meddai Gwawr wrth Gwenda. 'Neu ma'r diawl yn mynd i gadw'r cyfan iddo'i hunan!'

''Sneb yn mynd heb Anil, beth bynnag,' meddai Cai.

'Tân,' cyhoeddodd Gwenda wrth Bwmbwm. 'Is tân? Is *fire*?' meddai wedyn.

A deallodd Bwmbwm. Gwnaeth sŵn grwgnachlyd, a disgyn wysg ei din i'r soffa yn bwdlyd. Gwnaeth ystum â'i law i ddynodi ei fod wedi cael digon ar siarad.

Cyn pen dim, roedd yr Ynyswyr ac Anil yn eistedd y tu allan wrth wal yr adeilad, yn gwylio fflamau isel y ddau dân o dan y cigweiniau a wthiwyd drwy gyrff y ddau gi. Âi oriau heibio cyn iddyn nhw goginio digon.

'Gwych,' meddai Olaf. 'Chwech awr o neud dim byd ond gwylio pawb arall yn paratoi swper iddyn nhw ei fyta o'n blaene ni.'

'19

D AN OLAU'R SÊR, fe gafodd pawb eu gwala. Roedd Bwmbwm wedi bwyta mwy na neb, a bron na allai symud bellach. Er ei bod hi'n oeri, gorweddai ar ei gefn wrth weddillion y tân, a'i law ar ei fol yn ebychu'n fodlon. Roedd Ni eraill hefyd yn dal i dreulio'r pryd o fwyd gorau a gawson nhw erioed, ac eraill eto'n dal i chwilio'r esgyrn am dameidiau llai a llai o gig.

Twtsyn yn unig a gynigiodd ddarn o'i gig i'r Ynyswyr. Er mai gwrthod wnaeth y pump, ac Anil hefyd, roedden nhw'n gwerthfawrogi'r cynnig. Yn enwedig Anil. Roedd e wedi diolch i Twtsyn, a gallai'r Ynyswyr weld ei fod e'n agos at ddagrau wrth brofi'r fath garedigrwydd.

'Twtsyn, is ffrinds chi,' meddai dan deimlad.

Yn fwy na hynny, nododd Gwawr fod llygaid Bwmbwm wedi agor led y pen yn ei syndod wrth weld y fath garedigrwydd ar ran un o'r Ni. Ofnai y byddai'n cosbi Twtsyn, ond wnaeth e ddim ond syllu. Falle'i fod e'n dechrau dysgu bod sawl ffordd o fod yn gadarn, meddyliodd Gwawr. Falle'i fod e'n dysgu bod caredigrwydd yn gryfder yn hytrach nag yn wendid.

Falle'i bod hi'n gobeithio gormod, meddyliodd wedyn.

Teimlai Gwawr bellach eu bod nhw wedi profi i Bwmbwm fod gwerth i'w cael nhw, yr estroniaid, yn agos. Gallen nhw

143

ddysgu crefft hela'r Ynyswyr i'r rhain, gan adeiladu ar y gallu elfennol iawn oedd ganddyn nhw eisoes. Pwy a ŵyr, falle gallen nhw eu helpu i adfer eu cnydau, ond roedd hynny'n mynd i gymryd misoedd lawer, ac roedd llawer iawn o gyd-fyw'n mynd i orfod digwydd cyn y gellid sicrhau unrhyw lwyddiant ar sail hynny.

Cododd Freyja a cherdded at gorpws Bwmbwm ar ei hyd ar lawr.

'Bwmbwm,' dechreuodd.

'Yyyy,' ochneidiodd Bwmbwm wrth i'w stumog brotestio am gael ei llenwi'n rhy lawn yn rhy sydyn. Daliai i fod â'i lygaid ar gau, felly ni allai Freyja ddefnyddio'i breichiau i helpu i gyfleu ei neges iddo.

Tynnodd anadl ddofn a bwrw iddi beth bynnag.

'Ma llawer o gŵn i'r de,' meddai, ac edrych draw ar Gwenda yn y gobaith y gallai honno drosi rhywfaint o'r geiriau.

Cododd Gwenda a dod ati.

'Lot o gai,' meddai, wrth gofio stori Cai yn dweud ei enw wrth y rhain pan gafodd ei gipio. 'Lot o gai ffor'na... is dder, ofyr bai polyn.'

Agorodd Bwmbwm lygad.

'Ffor'na is lot o gai, is dder!' ailadroddodd Gwenda yn fwy hyderus fod rhai o'i geiriau'n gwneud rhyw synnwyr ym meddwl Bwmbwm.

Agorodd Bwmbwm lygad arall. Safodd Gwenda uwch ei ben a phwyntio i'r de. Yna, dechreuodd rifo ei bysedd: 'Un cai, dau gai, tri cai, pedwar cai, pump wech saith wyth naw deg cant mil...'

Stryffaglodd Bwmbwm i godi ar ei eistedd. 'Is trw?'

Roedd e'n syllu arni a'i lygaid fel soseri o ganol y budreddi a'r saim ci rownd ei weflau.

'Is trw,' meddai Gwenda. Wedyn, fe bwyntiodd at Freyja, ac atyn nhw i gyd fel Ynyswyr. 'Ni helpu.'

'Is bring mi byt?!' Pefriai wyneb Bwmbwm.

'No no no,' ysgydwodd Gwenda ei phen.

'Is bring mi no byt,' chwyrnodd Bwmbwm yn fygythiol, a rhyfeddodd Gwawr at ei allu i bendilio rhwng dau deimlad eithafol. Gwnaeth sŵn sgrech ddofn, fygythiol: 'Is mi marw chi!'

Amneidiodd at weddill yr Ynyswyr ac Anil.

Anadlodd Gwawr yn ddwfn. Problem canfod unrhyw gymedroldeb gan hwn, meddyliodd.

'No bring byt, BYT!' ychwanegodd ac estyn ei llaw, cyn i Bwmbwm allu torri ar draws. 'BYT ni dysgu chi… ni tîtsh ie? Ni tîtsh…'

Oedodd yn y fan hon i weld a oedd eu gair am 'ddysgu' yr un fath â'r geiriau Cymraeg a Saesneg oedd gan Gwenda.

'Cysgu?' holodd Bwmbwm.

'Na, na,' meddai Gwenda. 'Dysgu.'

Syllai Bwmbwm arni'n ddiddeall.

'Ni show…?' rhoddodd Gwenda gynnig arall arni. Dim byd. 'Ni dangos chi?'

Daeth dealltwriaeth i lygaid Bwmbwm: 'Chi angos? Chi angos?'

'Shwt i hela cŵn, ie!' Gwelodd Gwawr ysgwyddau Gwenda'n llacio wrth i'r neges gyrraedd penglog Bwmbwm.

Roedd Freyja wedi mynd at y tân tra oedd Gwenda'n ceisio cael Bwmbwm i ddeall, a neb wedi ei rhwystro rhag codi brigyn mawr a oedd wedi hanner ei losgi. Cariodd ef yn ôl at Bwmbwm.

'Cyllell…' dechreuodd, a phlygu'n araf i estyn y gyllell o'i hosan.

'Cycheth,' meddai Bwmbwm mewn dychryn.

Cododd Freyja ei llaw arall i ddangos nad oedd hi'n bwriadu gwneud unrhyw niwed iddo.

Dechreuodd naddu'r pren.

Gallai ladd Bwmbwm nawr, mewn un eiliad, meddyliodd Gwawr, a byddai gweddill y llwyth yn rhy lawn o gi i ddod ar eu holau neu'n rhy barod i gael gwared ar eu Dada i ddial arnyn nhw.

Ond dal i gerfio'r pren a wnaeth Freyja. Ymhen munudau, roedd hi wedi creu saeth finiog ohono. Gwyddai Gwawr mai haearn oedd ganddi ar ei phicelli mwyaf peryglus yn y dref, ond roedd hyd yn oed y pren hwn yn edrych yn ddigon bygythiol i wneud niwed i ddyn ac i anifail.

Gallai llygaid amhrofiadol yn y grefft o hela, fel rhai Gwawr, sylwi ar y gwahaniaeth rhwng y blaen picell a gerfiodd Freyja mewn munudau a'r picelli nad oedden nhw fawr gwell na choesau brwsys a oedd gan y milwyr. Roedd darn metel ar ddwy neu dair ohonynt, a fyddai'r Ynyswyr ddim am ddadlau â'r rheini, ond roedd golwg go rydlyd arnyn nhw. Os oedd eu sgiliau creu picelli yn rhywfaint o arwydd o'u sgiliau hela, roedd ganddyn nhw andros o waith gwella.

'Ooo, fforg is da,' ebychodd Bwmbwm yn werthfawrogol wrth dynnu ei fys ar hyd blaen y bicell finiog.

Ond roedd amod Gwenda'n derfynol.

'Ni angos chi,' meddai wrth Bwmbwm yn ei iaith ei hun. 'BYT Anil ros 'da ni.'

Oedodd Bwmbwm am eiliad, ac ofnai Gwawr ei fod e'n mynd i gael pwl arall o sterics. Taflodd gipolwg a oedd bron yn annwyl draw at Anil, cyn nodio'i gytundeb, a gollwng rhech fain ddigon swnllyd i ddihuno'r meirw dros y môr.

20

GORWEDD AR EI orsedd oedd Bwmbwm pan ffarweliodd yr Ynyswyr, a'i gefn tuag atyn nhw. Doedd Anil ddim yn siŵr oedd e'n gwrando pan eglurodd wrtho y byddai Freyja ac un neu ddau o'r Ynyswyr eraill yn dod yno eto cyn pen saith lleuad i fynd â rhai o'r Ni i hela i gyfeiriad y de, lle roedd cŵn yn udo'n nosweithiol.

'Ac os y'ch chi'n teimlo bach yn llwglyd yn y cyfamser,' ychwanegodd Olaf wrth neb yn arbennig, ''newch ffafr â chi'ch hunen a lladdwch lygoden fawr, er mwyn y nef!'

Cafodd slap ar ei fraich gan Gwawr am feiddio rhyfygu.

'Lle y'ch chi'n cadw'ch hadau?' holodd Gwawr i Anil pan oedden nhw ar eu ffordd yn ôl i'r dref.

'Hadau,' ailadroddodd Anil yn synfyfyriol.

Diolchodd Gwawr nad oedd y gair yn ddieithr iddo. Ond tawelwch gafodd hi ganddo, yn union fel pe bai e'n meddwl.

Yna, pan oedd hi'n meddwl ei fod e wedi llwyr anghofio am y cwestiwn –

'Ffor'ma,' meddai Anil, gan anelu i lawr drwy'r caeau i'r de-ddwyrain.

'Pam na allen ni fod wedi dod ar hyd y ffordd, nawr bod dim angen i ni gwato?' holodd Cai. Doedd hi'n gwneud dim synnwyr iddyn nhw anelu'n ôl i gyfeiriad y dref ar hyd llwybr llawer hirach.

'Falle fod Anil isie dangos rhywbeth i ni,' awgrymodd Gwenda, yn ddigon uchel i Anil glywed yn y tu blaen, ac yn y gobaith y byddai'n egluro'i ddiben.

Ond doedd Anil ddim yn gwrando, hyd yn oed os oedd e'n clywed. Daliai i frwydro'i ffordd drwy'r mieri ar lawr y dyffryn, a'r canghennau coed isel ar ochr y llethr roedden nhw bellach yn ei ddringo.

'Ma hyn filltiro'dd mas o'r ffordd,' cwynodd Olaf wedyn.

'I gyfeiriad hen bentref Llanbadarn,' meddai Gwawr wrth gofio'r enw o'r Dyddiadur.

'Ffor'ma,' meddai Anil wedyn. 'Mam dod ffor'ma.'

Sylwodd Gwawr fod iaith Anil yn gwella. Gallai fynegi ei hun yn ddigon da bellach iddyn nhw ei ddeall y rhan fwyaf o'r amser, ac roedd Gwenda'n gymorth i ddeall yr ychydig eiriau Saesneg a buprai'r pethau a ddywedai.

'Mam dod ffor'ma, pan mi fach.'

'Pam?' holodd Cai. 'Beth oedd hi isie'i ddangos i ti?'

Ond roedd Anil wedi bwrw ati eto drwy'r tyfiant, heb amser i egluro. Po bellaf yr âi, y mwyaf y cynyddai ei frwdfrydedd, yn union fel pe bai'n gwybod ei fod yn agosáu.

Roedden nhw wedi codi cryn dipyn, a gallai Gwawr weld patrymau llawr y dyffryn ymhell islaw drwy ambell fwlch yn y coed ifanc a orchuddiai'r tir.

'Faint eto?' cwynodd Olaf. 'I ble bynnag ni'n mynd?'

Ond roedd meddwl Anil yn rhywle arall.

'Unrhyw gliw?' galwodd Olaf wedyn.

Ac yn lle ei ateb, cyflymu a wnaeth Anil, gan gamu drwy'r drain fel pe na bai eu pigau miniog yn torri drwy ei drowsus carpiog. Doedd eu dillad ddim yn gryf iawn ar y gorau – gweddillion o gypyrddau yn nhai'r dref oedden nhw, y gwisgoedd nad oedd wedi dadelfennu wrth iddyn nhw afael ynddyn nhw. Ychydig iawn o ddillad cyfan oedd yn dal ar ôl ers cyn y Diwedd Mawr, ond roedd rhai pethau'n weddill, deunyddiau a wnaed o elfennau synthetig, ffurfiau ar blastig, a lledr hefyd. Hongiai dillad Anil yn stribedi amdano, ond doedd e ddim i'w weld yn poeni. Byddai creu dillad â'r adnoddau oedd ganddyn nhw yn un o'r mil o heriau y byddai'n rhaid i'r Ynyswyr fynd i'r afael â nhw ar ôl gwneud yn siŵr fod y toeau uwch eu pennau a'r tai lle roedden nhw'n byw yn ddiogel ac yn ddiddos.

Yna, roedden nhw allan o'r coed, a'r haul yn chwydu ei berfedd ar eu gwarau. Caeodd Gwawr ei llygaid yn erbyn y goleuni didrugaredd.

'Ffor'ma,' meddai Anil eto, ac ebychodd Olaf yn rhwystredig wrth orfod dal ati i gerdded i fyny'r bryn.

Ar ôl camu dros weddillion hen wal garreg a brasgamu rai llathenni i gilfach a gynigiai beth cysgod rhag yr haul, cododd Gwawr ei phen.

Yno, o'i blaen, roedd darn o ddur yn sownd yn y ddaear ar ochr y bryn. Porth. Mynedfa. Cofiodd am yr ogof ar yr ynys, y drws i mewn i'r mynydd. I ble'r oedd Anil wedi dod â nhw?

'Mam mi angos,' meddai Anil.

'Beth yw e?' holodd Cai.

'Drws,' meddai Olaf.

'Diolch, Olaf!' meddai Cai. 'Beth yn y byd nelen ni hebddot ti?'

Roedd Anil yn troi bwlyn y drws mawr dur, ac yn cael trafferth i'w agor.

'Rhwd,' meddai Gwenda wrth ysgwydd Anil. 'Ma hwn 'ma ers cyn y Diwedd Mawr.'

'Ers dyddiau Mam Un,' meddai Cai, gan edrych ar Gwawr. 'I fi ga'l ei weud e cyn i ti ei weud e,' ychwanegodd yn ddireidus.

Rhoddodd Gwawr hanner gwên fach smala iddo.

Tynnodd Gwenda'n galed ar y bwlyn, a chlywodd y chwech wichian dur y tu mewn i weithrediad y clo. Haearn ar haearn, am damaid eto, cyn i'r rhwd droi'r cyfan yn llwch. Cymerai ganrifoedd i'r drws ei hun droi'n llwch, ond dyna a wnâi yn y diwedd. Safai rhyw saith neu wyth troedfedd o uchder yn ochr y graig. Ceisiodd Gwawr feddwl pwy fyddai wedi llunio'r fath beth.

Daliai'r drws i wrthod agor.

Cofiodd Gwawr am Rhian yn sôn yn ei Dyddiadur am y bobl olaf yn mynd ati fel lladd nadroedd yn y dyddiau olaf i greu twneli, pydewau, ogofâu, tyllau yn y ddaear… rhyw fath o warchae rhag cynddaredd y stormydd niwclear. Roedd hi wedi manylu ar y gwaith roedd Lars yn ei wneud ar yr Ynys, ond cyn hynny hefyd, roedd rhai wedi bod wrthi. Ai dyma oedd yr ogof hon? Ymgais i ddianc rhag effeithiau'r bomiau ar wyneb y ddaear, ymgais i wneud i'r ddaear eu llyncu fel eu bod yn cael byw?

'Bwmbwm ddim,' meddai Anil, gan bwyntio at ei ben.

Gwybod? Cofio? 'Mam mi angos. Bwmbwm a Ni ddim,' a phwyntiodd at ei ben eto. Doedd Bwmbwm ddim yn gwybod am y lle.

Pe baen nhw'n gwybod, meddyliodd Gwawr, fe fydden nhw wedi troi'r lle'n gysegrfan, fel roedden nhw wedi gwneud y llygod mawr yn bethau sanctaidd, a chymryd mai dyma lle y cysgododd y bobl olaf, mai o'r fan hon, neu yn y fan hon, y goroesodd y plant a roddodd fod i'r Ni. Rhaid bod mam Anil yn cofio os oedd hi'n dod ag e yma'n blentyn. Wedi dysgu gan ei mam hithau o bosib, cyfrinach rhwng llai a llai wrth i'r cenedlaethau anghofio yn eu tro.

Ymdrechodd Olaf i wthio'r drws a throi'r bwlyn ar yr un pryd, ac wedi sawl ymgais llwyddodd i wasgu digon ar y clo i wneud iddo fethu dal ei bwysau. Clywyd gwich swnllyd ac agorodd y drws.

Yn y lled-dywyllwch, gwelodd Gwawr stafell fechan wedi'i hadeiladu yn y graig, a waliau concrid mâl yn ei gwneud yn hanner ei maint gwreiddiol wrth i'r pridd fochio drwyddo i mewn i'r gofod prin. Yng nghefn y stafell, roedd digon o olau'r haul yn treiddio drwy'r drws agored iddyn nhw allu gweld cymaint â dwsin neu fwy o gypyrddau haearn, cypyrddau tebyg i'r hen gabinets ffeilio a oedd ganddyn nhw yn llyfrgell yr Ynys. Ac i un ochr i'r rhes o gypyrddau, roedd twnnel tua hanner uchder y stafell yn bwrw ymlaen i rywle.

Rhaid ei fod yn rhan o we o dwneli a adeiladwyd yn ystod yr ail ryfel byd, fel y disgrifiodd Mam Un yn ei Dyddiadur, i achub trysorau celf rhag cael eu difa. Efallai ei fod yn mynd yr holl ffordd draw i Lanbadarn, lle roedd ceg arall i'r twnnel. Ai dyma lle cysgododd y Ni adeg y Diwedd Mawr? A mam Anil yn dod â'i hun bach yma wedyn am seibiant rhag tafodau sbeitlyd rhai o'r Ni.

Awgrymai'r ffaith fod Anil yn gwybod am y lle, fod ei fam yn gwybod am y lle, fod rhyw gysylltiad â'r cyfnod cyntaf hwnnw. Sawl twnnel arall oedd rhwng y fan hon a'r Llyfrgell fawr a Llanbadarn? Efallai fod y ddaear yn cuddio gwe o dwneli yn cysylltu â'i gilydd o dan y dref.

'Mi angos,' meddai Anil ac anelu at y cypyrddau.

Tynnodd un o'r droriau ar agor a disgynnodd yn glatsh ar lawr a chwalu. Plygodd Anil i godi ei gynnwys: bocseidiau bach gwydn o blastig caled, yn cynnwys sachau bach plastig, degau ohonyn nhw. Ac o'u mewn, gallai Gwawr weld darnau bach, bach o bren.

'Am drysor,' meddai Olaf. 'Yr holl ffordd fyny 'ma i weld bagiau llawn baw.'

'Is no baw,' meddai Anil gan edrych ar Gwawr. 'Is hadau.'

21

Eglurodd Anil wrthyn nhw mai cyfrinach ei fam ac yntau oedd yr hadau. Roedd ei fam bob amser wedi credu mai'r hadau fyddai'n achub y Ni. Yn union fel hadau'r Ynys, roedd yr hen bobl wedi storio'r rhain yma at ryw ddydd a ddaw, yn ddwfn yn y ddaear rhag lleithder a gormodedd o wres. Eu storio at ryw adeg pan fyddai eu hangen. At adeg pan fyddai'r cnydau'n methu yn yr hinsawdd ansefydlog, neu glefyd yn eu difa. Sawl gwaith y bu'n rhaid i'r Ni ddod yma i ddefnyddio'r hadau hyn cyn i'r llwyth cyfan, bron, anghofio am fodolaeth y lle?

Rhyfedd sut roedd pethau pwysig fel hyn yn aml yn mynd yn angof, meddyliodd Gwawr, a'r chwedlau, y celwyddau mwy blasus am lygod mawr a defodau di-sail, yn parhau'n oes oesoedd.

Ymdrechodd Anil i ddisgrifio'r pla oedd wedi difa'r cnydau dros y blynyddoedd diwethaf. I gychwyn, tuag un o bob pump o'r pennau grawn fyddai'n gwywo cyn tyfu'n llawn, wedyn ymhen blwyddyn, un o bob tri o'r pennau, a'u hanner y flwyddyn wedyn, cyn methu'n llwyr eleni. Y tatws hefyd, llysieuyn a'u cynhaliodd dros y degawdau, cyn edwino dros y ddwy flynedd ddiwethaf yn gnwd hanner ei faint, a rhyw glefyd arall wedi'i ddifa.

Heb fara, heb ddigon o datws, a heb fawr mwy na llond llaw o gŵn rhwng un pen o'r flwyddyn i'r llall, heb y nesaf peth i ddim ar wahân i'r hyn y gallen nhw ei chwilota yn y cloddiau, hen wreiddiau, ffrwyth coed a llwyni a drain, doedd fawr o ddyfodol i'r llwyth.

'Pam 'nest ti ddim dangos yr hadau i'r Ni?' holodd Gwawr.

'No she Bwmbwm…' Methodd ddisgrifio beth roedd e'n gyndyn i adael i Bwmbwm ei wneud â'r hadau, ond gallai'r pump arall ddychmygu. Pe bai'n cael ei fachau ar yr hadau, wnâi e ddim ond eu llyncu nhw fel roedden nhw, heb ystyried eu plannu, i ddiwallu ei chwant yn yr yma a'r nawr yn lle gadael i natur weithio'i swyn arnyn nhw a chynnal y llwyth am flynyddoedd eto, a chreu grawn a mwy o hadau ar gyfer y cnwd nesaf a'r nesaf o genhedlaeth i genhedlaeth.

A beth bynnag, ychwanegodd Anil yn drist, ychydig o'r hadau oedd yn iach. Roedd y mwyafrif llethol wedi pydru. Tynnodd ddroriau eraill ar agor, gan chwalu sawl cwpwrdd wrth wneud. Dangosodd fagiau plastig yn cynnwys hadau marw. Mater o lwc oedd goroesiad yr hadau.

'Awn ni drwyddyn nhw,' meddai Gwawr, yn llawn brwdfrydedd. 'Fe allwn ni sychu'r bagiau, gweld beth allwn ni ei arbed. Oes 'na rywbeth allwn ni ei ddefnyddio i'w cario nhw?'

Agorodd Anil ddrôr arall ac estyn sachau plastig allan a'u rhannu rhwng pawb. Aeth pawb ati i'w llenwi â chynnwys y droriau, y bagiau bach yn llawn o hadau.

Roedden nhw wedi dod i ben, ac yn barod i ailgychwyn

ar y daith yn ôl am y dref, pan dynnodd Anil focs metel o guddfan y tu ôl i'r cypyrddau metel. Doedd fawr o ôl rhwd arno, ac ni chafodd Anil unrhyw drafferth ei agor ag allwedd fechan lliw arian y cafodd afael arni yn un o'r droriau.

'Mam mi angos,' meddai, bron dan ei wynt, fel pe bai'n siarad ag ef ei hun.

Agorodd y caead a syllu am eiliadau ar gynnwys y bocs. Bron na allai Gwawr gadw ffrwyn ar ei chwilfrydedd. Ysai am weld beth oedd yn y bocs. Gallai deimlo cyhyrau Cai wrth ei hymyl yn tynhau hefyd. Daliai Gwenda, Olaf a Freyja i lenwi eu sachau, heb sylwi ar yr hyn yr oedd Anil yn ei wneud.

Tynnodd Anil fodrwy aur allan a'i throi rhwng ei fysedd.

Camodd Cai yn nes. 'Modrwy dy fam?' holodd.

'Yy? Nooo,' meddai Anil. 'Is hen hen. Is no mam.'

Rhoddodd y fodrwy yn ôl yn y bocs, a nesu at Cai a Gwawr. Gallai Gwawr weld darnau o hen arian yn y bocs, rhai crwn, rhai â sawl ochr. Hen arian hen wareiddiaid a ddibynnai ar ddarnau o fetel i fyw. Gwelodd Gwawr ambell fotwm, a darnau eraill â phin ynddyn nhw, fel bathodynnau, ond roedd golwg bur rydlyd arnyn nhw. A phapurau, tudalennau wedi'u plygu, a hen ysgrifen arnyn nhw nad oedd modd ei darllen mwyach.

Tynnodd Anil y papurau allan. Estynnodd y dalennau, pob un heblaw un, i Cai a Gwawr. Ceisiodd y ddau wneud pen a chynffon o'r ychydig olion aneglur, a methu.

Ysgydwodd Gwawr ei phen: 'Sori, Anil, 'sdim posib eu darllen nhw.'

Estynnodd Cai ei ddalen ef yn ôl i Anil, a gwnaeth Gwawr yr un fath. Cadwodd Anil y papurau yn y bocs.

Ond roedd ganddo dudalen yn ei law o hyd, yn dal i fod wedi ei phlygu. Gosododd Anil y bocs ar un o'r cypyrddau, iddo allu agor y dudalen oedd ar ôl ganddo'n ofalus.

Â blaenau ei fysedd, yn araf bach, tynnodd y ddalen o'i phlygiadau. Gallai Cai a Gwawr weld olion clir ar hon. Olion inc cryfach a oedd wedi goroesi'r degawdau. Aeth ias o gyffro drwy holl wythiennau Gwawr: beth roedd hi ar fin ei weld?

'Beth yw e?' holodd Cai.

'Mi no wbod,' meddai Anil. 'Ti wbod?'

Estynnodd Anil y dudalen i Cai a Gwawr. Darllenodd Gwawr yn uchel, gan wneud i Gwenda, Olaf a Freyja roi'r gorau i lenwi'r sachau er mwyn clywed beth roedd y papur yn ei ddweud.

'*Blant annwyl,*' dechreuodd Gwawr. '*Fi'n unig o'r oedolion sydd ar ôl. Ni allaf ond gweddïo y cewch chi fyw, y cewch chi oroesi, er nad wyf yn gwybod sut. Mae'r aflwydd wedi lladd eich rhieni ac ar fin fy lladd innau. Fe geison ni oroesi, rhai cannoedd ohonon ni a aeth i mewn i'r ddaear i gysgodi rhag y bomiau madarch, a does neb ond fi a'r pump ohonoch chi ar ôl. Yn y gobaith y gwnewch chi oroesi, dyma egluro. Teimlaf reidrwydd i ysgrifennu hwn atoch er nad oes yr un ohonoch yn ddigon hen i'w ddarllen. Falle y daw i wneud rhyw synnwyr i chi ymhen amser.*

'*Rydych chi'n perthyn i genedl y Cymry, ac yn siarad ei hiaith, a'r Saesneg hefyd. Fe geisiais i ofalu amdanoch chi ers i'ch rhieni a'r lleill ein gadael ni o un i un, ond gwn yn awr nad* oes llawer o amser gen i'n weddill. Gweithio yn y coleg, dyna a wnâi pawb ohonon ni, a dod â chi yma aton ni, yn fabanod a phlant bach, yn deuluoedd llawn gobaith yn erbyn môr o anobaith y gallen ni oroesi. Go brin y caiff neb ymwared rhag y cancr, ac eto mae'n syndod i chi oroesi er i gymaint o rai eraill fethu gwneud hynny, felly pwy a ŵyr? Yn sicr, mae'r tir wedi gwella dros y pedair blynedd ers y gyflafan fawr, y diwedd ar bopeth.

'Efallai y daw rhywun o bell i'ch achub chi rhag y cancr. Efallai y cewch chi fyw'n ddigon hir i gael plant eich hunain. Mae 'na ysfa ynof am hynny, yr ysfa fwyaf sylfaenol yn y genynnau.

'Efallai mai gobeithio am ddifodiant y dylwn i. Dyna fyddai fwya trugarog i bawb. Ond mae cariad yn greulon, yn gwneud i mi ysu i chi gael byw er gwaetha'r boen anorfod y bydd byw yn ei pheri i chi.

'Ni allaf gynnig atebion i'r un o'r argyfyngau a ddaw i'ch llethu. Ni allaf eu dychmygu hyd yn oed. Fe fyddwch yn gwybod bellach fod angen bwyd a chysgod arnoch i oroesi. Ond fe fyddwch chi angen cariad hefyd. Cariad na fyddwch chi prin yn ei gofio.

'Boed i chi wybod i ni eich caru chi, yn fwy na ni'n hunain. Boed i chi wybod hynny, fel y gallwch chithau, wedi i ni fynd, wybod sut i garu eich plant chi hefyd yn fwy na chi'ch hunain.'

'Ma'r ysgrifen yn aneglur wedyn,' meddai Gwawr, gan graffu'n agosach. 'Llofnod yw hwnna?'

'Bosib,' meddai Cai wrth blygu ei ben i edrych. Ond ni fedrai wneud pen na chynffon o'r enw. 'Rhaid bod y pum plentyn, neu rai ohonyn nhw o leia, wedi byw'n ddigon hir i gael plant eu hunain felly.'

Daeth sŵn rhyfedd o gyfeiriad Anil a chododd Gwawr a Cai eu pennau yr un pryd i'w weld yn crio. Methai Gwawr ddeall pam: go brin y byddai Anil wedi deall fawr ddim. Dôi cyfle i drosi'r geiriau eto.

Ond roedd e wedi deall un.

'Car-iad,' meddai drwy ei ddagrau. 'Mam is car-iad.'

Aeth Cai ato a gafael yn dynn ynddo.

*

Roedden nhw wedi ailddechrau cerdded, pob un â sach o hadau ar ei gefn, a'r bocs yn llaw Anil, pan ddywedodd Anil: 'Bwmbwm is mi dada.'

Llyncodd Gwawr. Credodd am eiliad ei bod hi wedi camgymryd, mai siarad yn llac oedd Anil, mai dweud oedd e mai Bwmbwm oedd tad y llwyth. Ond roedd rhyw bendantrwydd i eiriau Anil, ac roedd Cai hefyd wedi sylwi.

'Ti'n siŵr?' holodd Gwawr.

Cododd Anil ei ysgwyddau, cyn nodio: eithaf siŵr. Yna, roedd e wedi codi ei sach, ac wedi dechrau cerdded eto.

'Ieics,' meddai Olaf. 'Ma rhai pobol yn ca'l y lwc i gyd.'

Teimlodd Gwawr gryndod yn mynd i lawr ei hasgwrn cefn. Anil? Yn blentyn i *hwnna*?! Edrychodd draw ar Cai. Roedd y newyddion wedi ei dawelu. Daliai i gerdded wrth ochr Anil, ond roedd e'n amlwg yn teimlo'i bod hi'n wybodaeth go chwerw i'w llyncu. Falle mai Bwmbwm oedd tad yr holl rai iau, falle mai fe oedd yr unig un… ond na, gallai dyngu iddi weld dynion eraill yn ymwneud â rhai o'r menywod a'r plant, yn union fel pe baen nhw'n deuluoedd.

A'r eiliad nesaf, sylwodd Gwawr ar Cai'n rhoi ei fraich am ysgwydd Anil ac yn ei dynnu tuag ato. Teimlodd Gwawr anesmwythdod yn tyfu'n gwlwm yn ei hymysgaroedd. Sut gallen nhw fyw gyda'r newyddion bod hanner Anil yn perthyn i unben creulon? Beth oedd Anil felly? Hanner unben creulon? Ceisiodd ddal pen rheswm â hi ei hun: doedd ond saith neu wyth o ddynion o blith y Ni yn ddigon hen i fod yn dad i Anil, felly ni ddylai gwybod mai Bwmbwm oedd e fod yn syndod aruthrol i neb.

Prysurodd Gwawr yn ei blaen nes ei bod hi'n cerdded ar yr ochr arall i Anil.

'Dyw e'n newid dim byd,' meddai wrtho.

22

AM DDEUDDYDD, BU'R Ynyswyr ac Anil yn didoli'r hadau. Pentwr o rai pwdr, nad oedd gobaith eu hadfer.

Pentwr arall o rai gweddol yr olwg.

Pentwr o rai iach. Gosodwyd y rhai iach yn ôl yn eu bagiau a'u hongian o'r nenfwd yn y lle oeraf yn y tŷ, allan o gyrraedd llygod.

Pentwr o rai amheus ar garreg yr aelwyd yn agos at y tân i sychu.

Roedd marciau lle roedd papur wedi'i osod ar y bagiau plastig dros ganrif yn ôl, a marciau eraill lle roedd gwybodaeth am yr hadau wedi hen fynd yn annarllenadwy. Credai Gwenda ei bod hi'n gallu dweud y gwahaniaeth rhwng hadau gwenith a hadau o fathau eraill, ond doedd hi ddim yn siŵr pa mor amrywiol oedd yr hadau. Gallai fod yma sawl gwahanol rywogaeth o rawn, llysiau, planhigion eraill, a doedd neb ddim callach. Rhaid fyddai plannu a gweld.

Barnodd Gwenda mai eu hau yma yn y dref oedd y peth callaf i'w wneud, ac aeth y criw ati'n ddyfal i chwilota drwy adeiladau'r dref am gynwysyddion plastig o bob math, hen boteli plastig, hen botiau plastig, hen botiau serameg: roedd yna lu o bethau'n weddill a wnâi'r tro i ddal pridd.

Ar droliau, cariwyd pridd o bob rhan o'r dref i'r tŷ, nes

bod haen o bridd dros bob llawr a thros garpiau eu gwelyau a'u dillad ym mhobman. Casglodd Freyja gymaint ag y gallai o weddillion plastig, yn boteli ac yn eitemau di-ri ar gyfer cartrefi'r oes o'r blaen: bagiau, sachau, poteli, deunyddiau a chynwysyddion o bob math.

Rhyfeddai'r Ynyswyr at faint o blastig a oroesodd y blynyddoedd. Tybient mai ar blastig roedd yr hen bobl yn bodoli, gymaint ohono oedd i'w gael ym mhobman, yn gadarn yn erbyn yr hinsawdd, yn gwrthsefyll ysfa natur i bydru drwy'r amser. Yr oes blastig oedd hi yn y dyddiau cyn y Diwedd Mawr, mae'n rhaid.

Yn yr ysgol, roedd Gwawr wedi cael clywed am danwydd, y pethau hynny a allai danio pethau i'w gwneud nhw i symud, rhywbeth tebyg i fwyd yn tanio pobl, ond doedd ganddi ddim dirnad go iawn o betrol a glo, er bod trydan mor gyfarwydd iddi â'r felin wynt a'i cynhyrchai. Ond roedd cyn lleied o dystiolaeth o betrol – er ei bod yn cofio'r rhes o geir ar draffordd yn Lloegr, cawgiau metel yn llawn sgerbydau nad aent i nunlle – a glo, fel na allai ddychmygu lle'r rheini yn yr hen fyd. Doedd hi erioed wedi gallu dirnad y fath symud oedd 'na.

Mater arall oedd plastig: roedd digonedd o blastig ar yr Ynys. Ond yma, doedd dim byd ond plastig rywsut. Roedd cymaint o bethau eraill naill ai wedi troi'n llwch, neu'n troi'n llwch yr eiliad y bydden nhw'n eu cyffwrdd, ond roedd plastig ym mhobman, yr un mor wydn ag erioed, llawer ohono.

Tybiai Gwawr hefyd fod cysylltiad agos rhwng y plastigau gwahanol a'r dechnoleg oedd wedi'i cholli mewn dim o dro wedi'r Diwedd Mawr. Y teclynnau plastig oedd yn amgueddfa'r Ynys, y dyfeisiau siarad o bell, ffonau, na allai Gwawr mo'u dychmygu; pethau eraill i gysylltu o bell drwy sgwennu ar sgrin betryal; pethau'n creu lluniau mewn petryalau, roedd cymaint ohono o'u cwmpas ym mhobman. Oedd, roedd llawer ohono'n breuo, ond roedd llawer ohono'n dal yn gyfan hefyd, yn gwbl groes i natur. Yn drech na natur.

Byd o betryalau plastig. Dyna oedd hwn, y lle roedd Mam Un wedi'i adael.

O fewn wythnos, roedden nhw wedi plannu cannoedd os nad miloedd o hadau yn y cynwysyddion plastig llawn pridd. Gwyddai'r chwech mai'r hadau hyn, yn fwy na'r cŵn y bu Freyja'n dysgu'r Ni i'w hela, fyddai'n eu cadw nhw'n fyw yn y tymor hir. Dyma fyddai'r dyfodol, i'r ddau lwyth, y Ni a'r Ynyswyr fel ei gilydd. Ymhen dim o dro, byddai'r hadau'n blaguro, a gallent fynd â nhw ar y certi at y Ni. Caen nhw helpu i'w plannu yn y caeau. Gobeithiai Gwawr, fel y lleill, y byddai digon o synnwyr ac amynedd gan Bwmbwm i weld gwerth mewn aros i'r cnwd ddod i'w lawn dwf cyn cynaeafu.

*

Ymhen hir a hwyr, daeth egin i'r golwg drwy'r pridd. Digwyddodd yn y rhan fwyaf o'r cynwysyddion. Cai welodd y cyntaf. Aeth i chwilio am Anil i rannu ei gyffro a chafodd hyd iddo'n crwydro drwy'r castell.

'Anil!' gwaeddodd arno'n llawn cyffro o bell. 'Anil, dere 'ma!'

Ofnodd hwnnw fod ci yn ei fygwth, neu waeth. Ond gwên lydan oedd ar wyneb Cai pan ddaeth ato:

'Ma'n nhw'n dod!' cyhoeddodd mewn gorfoledd. 'Ma'r hade'n tyfu!'

*

Teimlai Gwawr fel pe bai hi wedi bod wrthi ers canrifoedd yn gwneud dim byd ond chwynnu a thacluso, tocio a thorri tyfiant, ac er nad oedd ond pedair wythnos wedi mynd heibio, roedd ei chyhyrau'n gweiddi am ryddhad, am seibiant.

Ond Gwawr fyddai'r gyntaf i gyfaddef bod y gwaith wedi gwneud byd o wahaniaeth. Roedd chwech o dai bellach yn edrych yn llawer tebycach i adeiladau y gallai pobl fyw ynddyn nhw, yn hytrach na ffurfiau gwyrdd wedi'u gorchuddio ag eiddew a deiliach. Bu Olaf a Cai yn gweithio ar y toeau, a Gwenda a Freyja yn brwydro i adfer y tu mewn i'r tai, i'w gwarchod rhag y tywydd. A gwaith Gwawr ac Anil oedd cael gwared ar y tyfiant a dyfai drwy seiliau'r adeiladau, drwy'r waliau. Bu'n ymdrech fawr i geisio creu adeiladau ac iddyn nhw du mewn a thu allan, ond o'r diwedd roedden nhw'n ennill.

Ers wythnos neu ddwy, bu rhai o'r Ni yno'n helpu hefyd, gan wersylla gyda'r Ynyswyr yn y tŷ gwreiddiol. Roedd Twtsyn yn eu plith, ac roedd e am y gorau'n dynwared Bwmbwm nes bod ochrau'r Ynyswyr yn brifo. Byddai'n sefyll o'u blaenau yn eu hannog i chwerthin, yn union fel roedd yr unben bach mor hoff o wneud. Doedd dim angen eu hannog: roedd ei ystumiau mor agos ati nes bod y lleill yn morio chwerthin.

'Mi wont is tŷ,' meddai Twtsyn, wedi rhoi'r gorau i ddynwared ac yn siarad o ddifrif am unwaith. Amneidiodd at y tŷ roedden nhw wrthi'n ei adfer ar ymyl y stryd o chwech.

'Ac fe gei di fe,' meddai Gwenda, 'ond i ti fod yn barod i rannu.'

Doedd neb wedi mynd mor bell ag ystyried beth fyddai ymateb Bwmbwm i weld y Ni yn troi am y dref, ond roedd criw go lew ohonyn nhw eisoes yn aros yn y dref dros nos ar ôl bod yn gweithio yno gydol y dydd. Ac eraill wedyn, a weithiai yn y caeau, yn troi am y dref yn lle'r plas i gysgu'r nos.

Byddai gweithwyr y caeau wrthi o fore gwyn tan nos yn plannu'r planhigion ifanc a gludwyd o'r dref. Eisoes, roedd rhychau lawer wedi'u plannu, a ffensys o wiail a hen weiar wedi'u codi o'u hamgylch i gadw cŵn allan. Doedd y llygod ddim fel petaen nhw â chymaint â hynny o ddiddordeb yn y planhigion, ond roedd shifftiau o'r Ni yn patrolio'r ffens ddydd a nos rhag ofn.

Sylweddolodd yr Ynyswyr yn fuan nad oedd gan y Ni fel llwyth lawn cymaint o barch tuag at y llygoden fawr fel rhywogaeth ag a oedd gan Bwmbwm. Gwelodd Gwawr sawl un yn cicio llygoden fawr pan âi'n rhy agos at y ffens.

Ychydig o hyder oedd gan Bwmbwm yn y planhigion. Ceisiodd Gwenda ddisgrifio'r wledd a gâi ymhen rhai misoedd pan fyddai'r pridd wedi darparu ei drysor. Ond doedd fawr o amynedd aros gan Bwmbwm: creadur y funud oedd e, ac os na châi'r hyn a ddeisyfai ei galon yr eiliad y byddai ei galon yn deisyfu unrhyw beth, câi'r sawl a oedd agosaf ato dalu drwy orfod gwrando ar ei fytheirio swnllyd, neu drwy orfod ufuddhau i'w orchmynion. At ei gilydd, roedd teyrngarwch ei chwe milwr i'w weld yn simsan iawn bellach.

'Am ddau bert y'ch chi!' Daeth Cai allan atyn nhw i'w helpu i godi'r holl ddrain roedden nhw wedi'i dorri ar y certi i'w gludo at y goelcerth o dyfiant roedden nhw wedi'i gasglu.

Edrychodd Gwawr ar Anil. Roedd e'n sgraffiniadau ac yn gytiau drosto. Gwenodd Gwawr arno.

'Paid chwerthin,' meddai Anil. 'Mi edrych fel ti'n edrych.'

Hon fyddai'r goelcerth fwyaf iddyn nhw ei chreu ers cyrraedd y dref. Fory, fe fyddai'n gwneud tân coginio penigamp ar gyfer y wledd roedden nhw am wahodd y Ni iddi, i ddathlu plannu'r hadau.

Gosodwyd byrddau o estyll praff ar estyll llai, a gobeithiai Gwawr y caen nhw eu gadael yno wedyn, fel bod y Ni a'r Ynyswyr yn gallu dod o'u hamgylch yn ddyddiol, a chyd-fwyta, a lle i'r Ni a âi'n ôl i'r plas gael cyfarfod â'r Ni a ddôi i fyw i'r dref.

Creodd Olaf ganopi o'r carpiau mwyaf lliwgar a gasglwyd o hen dai'r dref er mwyn creu rhywfaint o gysgod rhag yr haul ar un pen i'r bwrdd. Bu criwiau'n torri gwiail i'w blethu'n rhubanau i ddal y canopi'n sownd wrth y pyst a osodwyd yn y ddaear rhwng y concrid mâl ar lawr.

Bu rhai o'r merched yn torri ac yn gwnïo deunyddiau a oedd wedi goroesi i greu llieiniau bwrdd, a gosodwyd y rhain ar estyll i greu bwrdd anferth i bawb eistedd o'i amgylch, yn Ni ac Ynyswyr. Cafodd Gwawr hyd i ffrog yn yr un pentwr dillad a gofynnodd am gael ei chadw. Gan fod dwy neu dair o'r Ni hefyd wedi bachu ambell wisg o'r un pentwr, cafodd Gwawr ei dymuniad: fe wnâi wisg fendigedig ar gyfer y wledd.

Ffrog laes hir a darnau bach o aur drosti, cylchoedd bychan bychan, miloedd ohonyn nhw, pob un yn dal yr haul yn ei ffordd ei hun. Doedd Gwawr erioed wedi gweld dim byd tebyg iddi, ond cofiai weld lluniau yn y llyfrgell. Roedd y ffrog yn mynd â'i gwynt. I feddwl bod rhywun wedi gwnïo pob un o'r cylchoedd bach llachar yn eu lle…

'Paid â bod mor wirion,' meddai Olaf pan ddywedodd Gwawr hyn. 'Peiriannau oedd ganddyn nhw, peiriannau i wneud pob dim.'

Wffftiodd Gwawr ato: sut yn y byd y gallai peiriant greu'r fath ryfeddod? Weithiau, roedd dychymyg Olaf yn gwneud iddi chwerthin.

Daeth gwisg Cai, Anil ac Olaf o'r un bwndel o ddillad yn eu plastig. Siwt oedd gwisg Olaf, fe wyddai Gwawr hynny. Roedd yr hen bobl i gyd yn gwisgo siwt. Y dynion yn bennaf. Roedd y lluniau yn y llyfrau i gyd yn llawn o ddynion mewn siwtiau, sef dau ddilledyn yr un lliw a'r un gwead, trowsus a rhyw fath o siaced a botymau i lawr ei thu blaen, a dau ddarn bob ochr i'r twll ar gyfer y gwddf na wyddai Gwawr beth oedd eu pwrpas.

'Beth am flodau?' gofynnodd Gwenda. 'Ma'n bwysig cael blodau mewn dathliad.'

'Gallech chi feddwl bod rhywun yn priodi,' meddai Olaf. Trodd at Cai: 'Wyt ti wedi gofyn i Anil?'

Pwniodd Cai Olaf yn ei fraich, ond sylwodd Gwawr nad oedd e'n gallu cuddio gwên wrth wneud.

Ond roedd Gwawr yn cytuno bod angen blodau. Blodau i'w hongian o'r canopi, blodau i'w gosod ar y bwrdd, blodau i'w gwisgo am eu pennau, neu yn eu dillad – yn y darn o ddefnydd dibwynt yn siwtiau'r dynion… *dyna* oedd pwrpas y defnydd! Rhaid bod dynion yr hen fyd yn gwisgo blodau yn eu dillad bob dydd o'r flwyddyn.

Aeth criwiau i gasglu blodau, gan dynnu cert fach ar olwynion ar eu holau.

Roedd Freyja wedi bod yn hela ers dau ddiwrnod, ar drywydd y pac o gŵn i gyfeiriad Pen Dinas, a byddai Olaf a Gwenda'n ymuno â hi am yn ail â'i gilydd, gan ddod ag ysbail yn ôl gyda nhw fel y câi ei ddal. Eisoes roedd dau gi llwyd a llond sach o lygod mawr wedi'u casglu, a sachaid arall o wiwerod a ddaliodd ymhell i'r de i gyfeiriad hen dref Tregaron, creaduriaid nad oedd neb wedi gweld tystiolaeth o'u bodolaeth hyd yma. Gwelodd Gwawr y Ni yn archwilio cyrff y creaduriaid llwyd yn hynod o chwilfrydig, a rhyddhad mawr i'r Ynyswyr oedd eu gweld yn fodlon blasu'r cig newydd a'i gael yn ddigon bwytadwy. Gyda thri chwarter y gwahoddedigion yn gwrthod bwyta llygod mawr, rhoddwyd croeso mawr i'r bwndel o wiwerod marw.

Y tro cyntaf i Olaf ddychwelyd, gwelodd Wotsi ef yn nesáu o gyfeiriad y de, a'r anifail mawr am ei ysgwyddau bron yn drymach nag y gallai ei oddef. Aeth Wotsi a Jos i'w helpu, yn llawn cyffro wrth feddwl am y wledd a gaent ymhen llai na deuddydd. Ymhen dim, roedd y cŵn a'r llygod a'r wiwerod wedi'u gosod mewn sachau o wiail tyn a glymwyd wrth y rhaff a grogai rhwng dwy ochr y stryd.

Gwaith Gwawr oedd chwilio am ffrwythau a llysiau'r ddaear i fynd gyda'r cig. Casglodd ddigon o ddail poethion i wneud cawl i'r deg ar hugain a mwy ohonyn nhw a fyddai'n wahoddedigion. Dyna dic wrth y cwrs cynta, meddyliodd Gwawr. Ail gwrs, cig ci a…

Doedd yna'r un o'r llyfrau a welodd yn llyfrgell yr Ynys, na'r llyfrgell fawr yn y fan hon, yn dweud pa lysiau oedd orau i'w coginio gyda chig ci. Ond roedd Gwawr wedi cael llwyth o lus duon bach, madarch gwyllt, tafod yr ych, dail llygad llo mawr, chwyn moch, meillion coch, mwyar – heb anghofio hadau'r blodau haul a dyfai'n doreithiog ar lethrau deheuol Consti. Cafodd afael ar ddwsin a mwy o blanhigion llai toreithiog, y gallai wneud seigiau llai neu flasau ohonyn nhw.

Cafodd help dwy neu dair o'r Ni a oedd yn gwybod llawer mwy na'r Ynyswyr am lystyfiant yr ardal, a synnodd Gwawr wrth weld cymaint roedden nhw'n ei ddeall am blanhigion mewn gwirionedd: beth bynnag am y pla oedd wedi difa'r cnydau, roedd eu gwybodaeth am ffrwythau gwyllt yn helaeth. Dyna a'u cadwodd nhw'n fyw mor hir, ystyriodd.

Er hynny, roedd cael cymaint o'r Ni yn eu plith yn codi ofn arni braidd. Dôi digon o ddŵr o ffynhonnau yn y tir uwchben y dref, ac oedd, roedd eu gallu i wneud yn fawr o natur yn help, ond doedd y cyflenwad o gŵn gwyllt ddim yn ddihysbydd o bell ffordd. Byddai'n rhaid dal a chadw cŵn i'w ffermio yn y pen draw fel ar yr Ynys.

Wrthi'n torri dail llygad llo mawr yn barod i'w ffrio oedd hi pan ddaeth Olaf ati, newydd ddychwelyd â'r ci am ei ysgwyddau. Doedd e ddim wedi newid ei grys, ac roedd staeniau mawr o waed fel mantell gota goch amdano o hyd.

'Ma Freyja am hela dwsin neu ddau yn rhagor o lygod hefyd,' meddai Olaf. 'Fe gân nhw fynd ar y bwrdd fory, ac os ydyn nhw am eu bwyta fe gawn wneud.'

'Ac os na wnân nhw…? Wyt ti am ddweud wrthyn nhw o fla'n llaw?'

'Nagw. Wnân nhw ddim ond gwrthod,' meddai Olaf. 'Eu rhoi nhw ar y bwrdd a gweld beth wnaiff ddigwydd.'

'Paid sbwylo'r dathliad,' meddai Gwawr. 'Fe alle ffrae am y llygod sbwylo'r wledd.'

Cododd Olaf ei ysgwyddau: oes ots?

'Bydd rhaid trafod y mater yn hwyr neu'n hwyrach. Os ydyn nhw am ddod i fyw yn y dref, bydd raid iddyn nhw fwyta fel ni, neu beidio â bwyta o gwbl. Dydyn nhw fawr o helwyr, chân nhw byth ddigon o gŵn i'w cadw nhw'n fyw, ddim heb help Freyja, a bydd angen i Freyja hela llygod ar 'yn cyfer ni.'

'Paid codi hyn heddi,' erfyniodd Gwawr arno. 'Gad iddo fod yn rhywbeth i'w drafod ar ôl y wledd.'

'Falle mai'r wledd yw'r broblem,' meddai Olaf. 'Ar ôl gwledd o gymod rhwng y Ni a'r Ynyswyr, fydd dim troi'n ôl wedyn, fydd e?'

Doedd Gwawr erioed wedi gweld Olaf mor ddwys am ddim byd. 'Oes well gen ti ffraeo rhwng y Ni a ni?'

'Nag oes, wrth gwrs nag oes e...'

'Dere,' meddai Gwawr, i geisio'i ysgwyd o'i bryderon. 'Dathliad yw hwn i fod, dim angladd.'

Daeth Gwenda atyn nhw cyn i Olaf ateb.

'Ma popeth yn mynd fel watsh,' meddai, a gwên fawr ar ei hwyneb. 'Dim ond un orchwyl sy'n dal ar ôl.'

Edrychodd Olaf a Gwawr arni – beth allai fod ar ôl i'w wneud?

'Mae 'na un person heb gael gwahoddiad,' dechreuodd Gwenda.

'O na,' meddai Olaf. 'Paid. Dy'n ni ddim yn ei wahodd *e*!'

23

Gwawr, Cai ac Anil gafodd y pleser o fynd i wahodd Bwmbwm i'r wledd. Wrthi'n croesi'r darn gwastad cyn troi i'r dde am y plas oedden nhw pan sylwodd Gwawr ar edafedd o fwg yn codi o gyfeiriad yr adeilad.

'Tân…' dechreuodd. Roedd Cai ac Anil wedi ei weld.

'Sut arall fyddet ti'n disgwyl iddo fe goginio'i fwyd?' holodd Cai, gan synhwyro rhyw bryder yn llais Gwawr.

Cyn dod, roedd Gwawr wedi meddwl bod pawb o'r Ni yn y dref yn paratoi ar gyfer y wledd, hyd yn oed y milwyr. Falle'i bod hi wedi camgymryd, a bod un ohonyn nhw wedi aros ar ôl i wneud yn siŵr fod Bwmbwm yn cael rhywbeth i'w fwyta. Doedd Gwawr ddim yn gallu dychmygu bod Bwmbwm yn ddigon hirben i fynd ati i ferwi dŵr, neu wneud cawl dail poethion iddo'i hun.

Wrth nesu, cynyddu a wnâi'r golofn o fwg a dyfai allan o'r coed rhyngddyn nhw a'r plas. Erbyn iddyn nhw gyrraedd o fewn hanner canllath, roedd hi'n bochio allan yn gymylau trwchus, llwyd.

'Ddim tân yw hwnna,' meddai Gwawr.

''Na'n gwmws beth yw e,' meddai Cai. 'Ond ti'n iawn, ddim tân coginio yw e chwaith!'

Roedd Anil wedi prysuro o'u blaenau wrth weld y mwg yn

cynyddu. Bellach, roedd e'n rhedeg i'w gyfeiriad. Dechreuodd Gwawr a Cai redeg ar ei ôl.

'Aros, Anil!' Ond roedd Anil wedi mynd heibio i'r tro yn y ffordd.

Erbyn iddyn nhw ddod i olwg y plas, roedd hi'n amlwg fod y tân wedi dechrau gafael go iawn. Llyfai fflamau i fyny ochr yr adeilad, yn bwyta'r gwythiennau o iorwg a'r canghennau pren a wthiai allan o bob twll a chornel. Roedd hi'n edrych yn debyg fod y tân wedi dechrau cael gafael ar y pren y tu mewn i'r adeilad yn ôl y fflamau a welent drwy'r ffenestri. Llosgai bordiau cwarelau ffenest fwyaf y stafell fawr ac roedd y gwydr wedi torri yn un o'r ffenestri bach.

Doedd dim golwg o Bwmbwm.

Anelodd Anil am ben arall y plas, i ffwrdd o lle roedd y tân.

'Drws…' meddai, ac anelu tuag at y drws ar ochr yr adeilad.

'Anil!' galwodd Cai ar ei ôl, ond doedd Anil ddim yn gwrando.

Brysiodd Gwawr ar ei ôl heibio ochr y plas lle roedd y ffenestri'n llai o faint, ac yn uwch yn y wal. Galwodd Gwawr ar Cai i edrych drwy'r ffenest yn y pen lle nad oedd fflamau i'w gweld: roedd hi ac Anil yn rhy fyr i allu gweld drwyddi.

Gwnaeth yntau, a throi wedyn gan ysgwyd ei ben.

'Dim Bwmbwm,' meddai.

'Beth am y tân? Ydy e wedi cyrraedd y pen yma?'

'Ddim eto,' meddai Cai.

Roedd Anil wrth y drws. Agorodd ef gan weiddi 'Dada Bwmbwm!'

Dilynodd y ddau arall Anil i mewn i'r plas. Gallent glywed sŵn yr estyll yn llosgi yn y neuadd, ac roedd mwg yn dod dan y drws mawr o'r gegin, ond doedd y fflamau ddim wedi cyrraedd eto.

Cododd Anil ei grys i orchuddio'i geg, a gwnaeth Cai yr un fath. Oedodd Gwawr.

'Fydde hi ddim yn well i ni fynd allan?' meddai, a theimlo ar yr un pryd ei bod hi'n gachgi. 'Falle nad yw e 'ma…'

'Bwmbwm!' gwaeddodd Anil yn uwch.

Aeth at y drws i'r neuadd.

'Na, Anil!' gwaeddodd Cai. 'Paid!'

Ond roedd Anil eisoes wedi mynd drwy'r drws. Dilynodd Cai, gan afael yn ei ysgwydd i geisio'i gael i ddod yn ôl i ddiogelwch cymharol y gegin. Doedd Anil ddim yn gwrando. Roedd e'n anelu at y soffa ym mhen pellaf y neuadd, lle roedd y fflamau eisoes wedi gafael yn y bordiau ar y ffenestri, ac yn dechrau llyfu eu ffordd tuag at y distiau yn y nenfwd.

'Anil! Rhaid i ti ddod o 'ma!' sgrechiodd Gwawr o'r drws. 'Cai, dwed wrtho fe!'

Ceisiodd Cai afael yn Anil, ond roedd y Niad yn benderfynol. Mentrodd yn agosach drwy'r mwg dudew. Ni allai weld y soffa. Rhaid oedd iddo weld y soffa…

Yna fe'i gwelodd. Roedd fflamau'r ffenest wedi gafael ynddi, ac yn dechrau ei llarpio. Gwelodd Cai y deunydd plastig a'i gorchuddiai yn toddi yn y gwres, a'r stwffin yn ffrwydro wrth i'r fflamau losgi drwy'r gorchudd tuag ato. Ymhen eiliadau roedd hi'n wenfflam, a'r mwg yn llawn oglau dieithr, cyfoglyd. Rhoddodd Cai ei freichiau allan i dynnu Anil yn ôl gerfydd ei ganol, cyn i'r mwg eu trechu.

Wrth eu gweld yn dychwelyd, ciliodd Gwawr i'r naill ochr, a llamodd y ddau arall drwy'r drws cyn ei hyrddio ar gau y tu ôl iddyn nhw.

'Rhaid fi si lwc iff Bwmbwm dder,' eglurodd Anil.

O leiaf doedd y teyrn ddim wedi marw ar ei orsedd felly, meddyliodd Gwawr.

Yr eiliad nesaf, dechreuodd y mwg arllwys i mewn i'r gegin.

'Dewch allan,' meddai Cai'n bryderus. 'Ma'r cwbwl yn mynd i fynd.'

Ond roedd Anil yn anelu ar hyd y coridor o'r gegin tuag at ddrws yn y wal fewnol. Pa syniad gwallgof oedd yn ei feddwl e nawr? meddyliodd Gwawr, a throdd at Cai i apelio arno â'i llygaid: plis gwna iddo fe weld synnwyr…

Roedd Anil wedi mynd drwy'r drws. Dilynodd Cai a Gwawr. Stepiau'n arwain i lawr o dan y ddaear, un llawr, cornel, a drws trwm, set arall o stepiau, i lawr ac i lawr.

Doedd dim pall ar Anil. Dilynodd y grisiau i lawr a gwrando dim ar grefu Cai arno i beidio. Am yn ail â gweiddi ar Anil, roedd e'n ceisio'i orau i gael Gwawr i droi'n ôl. Ond doedd hithau chwaith ddim am wrando arno.

Wrth gamu i lawr y grisiau, dechreuodd Gwawr feddwl efallai na ddôi'r fflamau i lawr cyn belled â hyn. Beth am y mwg? meddyliodd. A fyddai hwnnw'n dod i'w trechu? O leiaf roedd y drws trwm rhwng y ddau lawr yn agored iddyn nhw allu mynd drwyddo'n ddidrafferth.

Ar ôl cyrraedd gwaelod y grisiau, edrychodd o'i chwmpas. Rhyw fath o seler ddofn oedd hi.

Yr eiliad nesaf, gwelodd Anil yn rhuthro i gornel y seler lle roedd Bwmbwm yn cuddio dan fwndeli o garpiau, a dim un darn ohono bron i'w weld.

Ond gwyddai'r tri mai dyna lle roedd e, am eu bod nhw'n ei glywed e'n cwyno'n ddagreuol wrtho'i hun. Gorweddai'r ci ar ei dennyn wrth ei ymyl, yn udo i gyfeiliant ochneidiau hunanofidus ei feistr.

'Bwmbwm,' meddai Cai'n awdurdodol. A gwelodd y tri y carpiau'n fferru. Tawelwch.

Yna dechreuodd y ci grio eto, a daeth pen Bwmbwm i'r golwg.

'Wot she?!' cyfarthodd.

'Der,' meddai Anil. 'Is tân!'

'Ow ow ow!' criodd Bwmbwm, a gwelodd Gwawr y dagrau'n dechrau eto ar hyd ei wyneb budr. Ond doedd dim arwydd symud arno. Camodd Gwawr tuag ato, yn teimlo'r panig yn codi yn ei gwddf.

'Bwmbwm, plis! Neu ry'n ni'n pedwar yn mynd i farw fan hyn. A'r ci!'

'Yy?' meddai Bwmbwm, heb ddeall gair.

'Der,' ymdrechodd Anil eto. 'Ti gw-boi, Bwmbwm. Ti der widd mi.'

'Is mi gw-boi,' cadarnhaodd Bwmbwm. Yna, roedd e fel pe bai e'n deall mai gydag Anil roedd e'n siarad. 'Anil?'

meddai, gan syllu arno o'r lled-dywyllwch. 'Ti Anil?'

'Mi Anil,' cadarnhaodd Anil. 'Der, Dada Bwmbwm, der!'

'Ti mam…' dechreuodd Bwmbwm. 'Mira. Ti mam is gw-gyrl.'

Gafaelodd Anil yn ei fraich, a daeth Cai i afael yn y fraich arall. Rhyngddyn nhw fe godwyd Bwmbwm ar ei draed, ond wnaeth e fawr o ymdrech i symud.

'Sym!' gwaeddodd Anil arno. 'Sym nawr!'

Roedd mwg wedi dechrau dod i lawr y grisiau ar eu holau, fel pe bai'n benderfynol o'u dilyn. Ofnai Gwawr na fyddai modd iddyn nhw ddianc drwyddo.

''Se hi'm yn well i ni aros fan hyn, cau'r drws?' holodd, a'i llais yn llawn arswyd.

Ysgydwodd Cai ei ben. 'Ma rhaid i ni drio,' meddai, 'neu ma'r mwg 'ma'n mynd i'n lladd ni. Coda dy grys dros dy geg!'

Gwnaeth Gwawr hynny, a chododd Anil un o'r carpiau i'w osod dros geg Bwmbwm. Anelodd Gwawr i fyny'r grisiau o'u blaenau. Llwyddodd y ddau i osod troed Bwmbwm ar y ris isaf.

Yna, roedd Bwmbwm wedi neidio fel pe bai rhywbeth wedi ei drywanu: 'Cai! Cai!' gwaeddodd fel rhywbeth o'i go.

Edrychodd Cai yn rhyfedd arno am eiliad, cyn cofio mai gweiddi am y ci roedd Bwmbwm. Deallodd Gwawr hefyd, ac anelu heibio iddyn nhw.

'Ewch chi,' meddai Gwawr, 'ac fe ddilyna i gyda'r ci.'

'Aros!' gwaeddodd Cai arni, a rhuthro'n ôl ati cyn iddi gyrraedd y ci. Edrychodd Cai o'i gwmpas yn orffwyll. Rhaid bod ffrwyn yn rhywle, allai e byth â gadael i Gwawr fod yng ngofal y bwystfil o anifail heb ffrwyn am ei geg.

Gwelodd y ffrwyn yng nghanol y carpiau a bachodd ef. Rhwymodd ben y ci, a datglymu'r tennyn cyn ei estyn i Gwawr. Roedd Anil a Bwmbwm eisoes wedi dringo'r set gyntaf o risiau pan gyrhaeddodd Cai y tu ôl iddyn nhw. Roedd Bwmbwm yn bygwth disgyn ar ei gefn, felly gwthiodd Cai ei law i waelod ei gefn i wneud iddo sadio. Prysurodd y tri i fyny'r ail set o risiau.

Erbyn hyn roedd y mwg yn ddigon trwchus i frifo'u llygaid. Rhedai rhai Cai nes na allai weld fawr ddim mwy na ffurf Bwmbwm o'i flaen yn cael ei lusgo gerfydd ei fraich a'i ysgwydd gan Anil.

Trodd Cai i weld ble roedd Gwawr a'r ci. Doedd dim golwg ohonyn nhw. Aeth ias o arswyd drwy Cai. Beth os oedd y mwg wedi ei threchu hi? Rhedodd i lawr yn ei ôl, a dyna lle roedd Gwawr yn plygu dros y ci, a orweddai wrth waelod y grisiau.

'Ma'n gwrthod symud,' dechreuodd Gwawr, a'i geiriau'n aneglur drwy ei chrys.

'Y mwg,' meddai Cai. 'Gad e! 'Sdim y galli di neud!'

Edrychodd Gwawr ar y ci: roedd e'n llawer rhy fawr i'w gario. O leiaf fe gâi gysgu…

Teimlodd law Cai yn ei thynnu gerfydd ei llawes, yn mynnu ei bod hi'n ei ddilyn, a phrysurodd o'i flaen i fyny'r grisiau. Doedden nhw ddim yn gallu gweld dim byd drwy'r mwg bellach, a'r unig arwydd i Gwawr fod Anil a Bwmbwm o'i blaen a Cai y tu ôl iddi oedd clywed sŵn eu peswch. Os na ddeuen nhw allan o'r tŷ'n reit sydyn, ddeuen nhw ddim allan o gwbl.

Ar ben y grisiau, roedd Anil a Bwmbwm wedi camu allan i'r coridor pan gyrhaeddodd Gwawr. Doedd dim posib mynd i'r gegin – rhaid fyddai dilyn y coridor i stafell fach yng nghefn y plas.

'Ffor'ma!' gorchmynnodd Anil.

Bellach, roedd Bwmbwm fel pe bai wedi deall bod y sefyllfa'n un braidd yn anodd, ac wedi gwneud rhyw hanner ymdrech i sefyll ar ei draed ei hun heb gymorth.

Dilynodd Gwawr a Cai, wrth i'r fflamau afael yn ffrâm y drws i'r gegin. Hanner eiliad arall a byddai Gwawr wedi cael cyfle i'w gau, i achub munudau gwerthfawr iddyn nhw, ond chafodd hi ddim o'r hanner eiliad. Roedd bysedd y tân yn estyn i mewn i'r coridor ar eu holau, yn union fel pe bai e'n gwybod eu bod nhw yno, ac yn ceisio'i orau i'w bachu nhw.

'Y ffenest!' gwaeddodd Cai.

Doedd dim ffordd arall allan. Rhaid fyddai dringo i'r sil ffenest a neidio allan. Estynnodd Anil gadair bren o dan y bwrdd a gorchymyn i Bwmbwm sefyll arni. Gwrthododd hwnnw: roedd y ffenest yn rhy uchel.

Nid oedd Cai nac Anil na Gwawr yn mynd i allu treulio amser prin yn ei berswadio mai mater o ddringo i'r sil ffenest neu ffrio i farwolaeth oedd hi, felly aeth y tri ati fel un i wthio Bwmbwm i gyfeiriad y ffenest. Deallodd hwnnw yn y diwedd nad oedden nhw'n mynd i roi rhyw lawer o ddewis iddo, a gwnaeth rywfaint o ymdrech drosto'i hun. Estynnodd Cai heibio iddo a gwthio'r ffenest ar agor.

Neidiodd Bwmbwm, ar ôl cwyno am eiliad neu ddwy fod y cwymp y tu allan yn rhy uchel. Neidiodd Anil. Ond cyn i Gwawr gael cyfle, roedd y fflamau'n torri tyllau yn y drws.

O leiaf roedd y ffenest wedi dod â rhywfaint o aer i'r stafell.

'Brysia!' gwaeddodd Cai yn ei chlust.

Ond oedi wnaeth Gwawr: doedd hi ddim yn mynd i'w adael.

'Nawr!' gorchmynnodd Cai, a gwasgu ei braich nes gwneud iddi wingo mewn poen. Doedd e erioed wedi bod mor gïaidd gyda hi.

Dringodd Gwawr y gadair a neidio allan. Cododd ar ei thraed ar unwaith i wneud yn siŵr fod Cai yn dilyn.

Doedd dim golwg ohono, a llanwyd ei chlustiau â sŵn pren yn llosgi.

Yna, roedd e'n neidio drwy'r ffenest, ac yn glanio ar y gwair. Yr eiliad nesaf, gallent weld y stafell lle buon nhw yn wenfflam.

'Yyyy!' cwynodd Bwmbwm gan rwbio'i ben-glin.

'Cau dy geg,' mwmiodd Cai, rhwng anadliadau dwfn, dwfn.

'Tŷ!' cwynodd Bwmbwm wedyn wrth gilio'n ôl o wres y fflamau oedd yn llarpio ei blasty. Daeth golwg ddiflas dros ei wedd. Sniffiodd ddwywaith, dair, gan fygwth crio eto.

Roedden nhw wedi dechrau cerdded i'r dref cyn i Bwmbwm gofio am y ci.

Cyrhaeddodd ei udo crio glustiau'r Ynyswyr a'r Ni yn y dref ymhell cyn i'r pedwar ddod i'r golwg.

24

YCHYDIG IAWN O bobl oedd ar ôl yn y dref. Aethai'r rhan fwyaf i weithio yn y caeau y diwrnod wedi'r wledd, heb Bwmbwm wrth gwrs. Treulio'r diwrnod ar ei gefn ar y traeth wnaeth hwnnw, tra bod pawb arall yn gweithio'n galed ar y tai ac yn y caeau.

Roedd y wledd wedi rhoi pawb mewn hwyliau da, er gwaetha'r newyddion am y tân. Er na allodd Gwawr na Cai nac Anil fwyta'r nesaf peth i ddim ar ôl llyncu cymaint o fwg y plas i'w hysgyfaint, roedden nhw'n ddigon iach i eistedd gyda phawb a mwynhau'r cwmni. Pan gyrhaeddon nhw'n ôl y noson cynt a rhoi gwybod am y tân, roedd nifer o'r Ni yn ansicr beth i'w wneud o'r holl beth: roedd e wedi bod yn gartref iddyn nhw ers eu geni, er mor anodd oedd eu bywydau. Doedden nhw ddim yn gwybod sut beth oedd bywyd gwell tan i'r dieithriaid gyrraedd a dangos bywyd mwy cysurus iddyn nhw, y dieithriaid dawnus a allai wneud i adeilad deimlo gymaint brafiach nag unrhyw un o adeiladau'r plas.

Aethai nifer ohonyn nhw i olwg yr hen le. Daliai'r tân i losgi yn y gragen ddu, felly fentron nhw ddim yn rhy agos. Ond fe ddaethon nhw oddi yno'n teimlo bod pethau'n edrych yn well, a bod newid byd yn well o'i nodi ag un digwyddiad terfynol fel hyn: cael gwared ar yr hen dirnodau ac edrych yn eu blaenau'n obeithiol.

Ac yn y wledd, fe fuon nhw'n rhannu profiadau a straeon rywsut, drwy lawer o ymdrech a hwyl, ac yn dysgu caneuon gan y dieithriaid, caneuon nad oedden nhw'n swnio'n rhy annhebyg i'w rhai nhw, yn enwedig yr un am y 'jî ge-ffil bach', na wyddai'r un ohonyn nhw am beth roedd hi'n sôn. Ceisiodd Olaf ddweud wrthyn nhw beth oedd ceffyl, er na welsai ef ei hun un erioed, ar wahân i luniau mewn llyfrau, ond rhoddodd y gorau iddi: byddai waeth iddo fod wedi disgrifio draig, neu riffon neu ffenics.

Ar yr ymylon y bu Bwmbwm. Doedd y Ni eraill ddim yn awyddus iawn i siarad ag e, rhag iddo fe gofio mai fe oedd y teyrn, a dechrau dweud wrthyn nhw beth i'w wneud. Ond roedd â'i ben yn ei blu drwy'r wledd, a'i feddwl ar ei gi. Dangosodd Gwenda gydymdeimlad ag ef, ac fe wnaeth hynny i Bwmbwm grio'n hunandosturiol eto.

Fe aeth i gysgu ar ei gefn ar lawr ymhell cyn diwedd y wledd, ac fe anghofiodd pawb amdano fwy neu lai wrth iddyn nhw fwynhau cwmni ei gilydd.

Ond heddiw, ddeuddydd wedi'r wledd, roedd hyd yn oed Bwmbwm wedi cael ei berswadio i fynd i weithio yn y caeau. Rhaid ei fod e wedi laru ar folaheulo. Byddai Gwawr wedi hoffi mynd gyda nhw, i weld sut siâp oedd ar yr hen deyrn yn chwynnu rhwng y planhigion gwenith ac yn y rhychau tatws a'r llysiau eraill oedd yn tyfu yno.

Ond roedd hi wedi aros yn y dref yn gwmni i Twtsyn a Freyja, i weithio ar y rhaffau gwiail yr oedd yn rhaid dal ati i'w gwneud. Roedden nhw wedi defnyddio'r unig raffau plastig yn y dref i'w crogi rhwng tai er mwyn cadw bwyd allan o gyrraedd llygod, felly roedd angen deunydd arall i greu rhagor o raffau.

Roedd rhaffau mor bwysig. Dyna oedd yn dal popeth at ei gilydd yn y pen draw, rhaffau gwiail praff wedi'u plethu a'u plethu a'u plethu at ei gilydd wedyn yn driphleth o driphlethi praffach na dim arall. Daliai'r rhaffau y dynion at y toeau wrth iddyn nhw geisio eu trwsio. Y rhaffau a ddaliai'r drysau ar gau, y caeadau yn eu lle, y canopïau dros y planhigion ifanc, a'r bwcedi a godai ddŵr o ffynhonnau. Wedi olwynion pren y certi a greai'r Ynyswyr a'r Ni i gario pob dim o goed tân i frics adeiladu ac estyll pren, a'r casgliad o bicelli oedd gan Freyja i hela'u bwyd, y rhaffau gwiail oedd yr eitemau o offer pwysicaf ar gyfer eu bywyd o ddydd i ddydd.

Ar ôl bod wrthi drwy'r bore yn plethu'r gwiail roedd Twtsyn a Freyja wedi bod yn ei dorri ar y gwastatir yr ochr arall i Lanbadarn, roedd Gwawr wedi penderfynu mynd am dro i lan y môr.

Yn ei phoced roedd y garreg, carreg Rhian, carreg Mam Un. Troai hi rownd a rownd yn ei llaw, a rhyw deimlad bach ym mhwll ei stumog nad oedd hi'n siŵr iawn beth oedd e.

Ai nerfus am ei bod hi'n dal i fod heb ddychwelyd y garreg i'r traeth o lle daeth hi dros ganrif yn ôl oedd hi? Neu nerfus am ei bod hi'n mynd i orfod gadael fynd, ei gadael ar y traeth, a rhyw ofergoel mai'r garreg oedd wedi ei gwarchod ar ei thaith o'r Ynys bell ac i Aberystwyth, a thrwy'r holl helbul gyda'r Ni – helbul a oedd wedi ei ddatrys yn well o lawer na'r hyn y byddai wedi'i obeithio ychydig wythnosau yn ôl?

Safodd ar lan y môr, ar linell y don, yn meddwl am Fam Un. Llyfodd y tonnau ei thraed noeth. Dod i mewn oedd y llanw. Gwelai eisiau Cai ac Anil. Roedd y ddau wedi mynd gyda'r lleill i'r caeau ddoe a heddiw.

Daliodd Gwawr ei hun yn gobeithio rhyw ddydd y dôi hi o hyd i gariad fel y cariad oedd rhyngddyn nhw. Nid bod hynny'n debygol o ddigwydd, meddyliodd wedyn.

Tynnodd y garreg o'i phoced a syllu'n hir arni. Byseddodd eiriau chwaer Mam Un i Fam Un cyn i honno ffarwelio â'r fan hon a mynd draw ymhell dros y môr ar yr un daith ag y teithiodd Gwawr ond y ffordd arall, i'r Ynys y tro hwnnw, a thrwy'r awyr, nid dros y môr.

Yr eiliad y meddyliodd hi hyn, gwelodd rywbeth ar y gorwel, ymhell bell. Aderyn.

Aderyn yn ddu yn erbyn yr awyr. Yn hedfan tuag ati dros y môr.

Aderyn anferth… Barcud?

Gwyliodd daith yr aderyn. Roedd e'n nesu'n gyflym. Ymhen eiliadau, doedd e ddim ar y gorwel, roedd e'n dod tuag ati. Aderyn mawr du, llawer mwy na barcud.

Ac roedd e'n cadw sŵn. Murmur, grŵn, yn tyfu, tyfu. Fel ei faint, y cysgod du anferth, caled. Nid aderyn, ond…

*

Yn y caeau, roedd Cai ac Anil wedi bod yn diogi o olwg y lleill ar ymylon y cae.

Amser cinio, pan nesaodd y lleill tuag atyn nhw at gyrion y rhigolau, penderfynodd y ddau fynd am dro. Allan o'u golwg i fwynhau cwmni ei gilydd. Roedd Twtsyn wedi tynnu llun siâp calon ar fraich Anil â sudd mwyaren amser brecwast. Ac yntau'n gorwedd ar ei gefn wrth ymyl Cai yn gwylio'r cymylau, cyffyrddodd Anil ag amlinell aneglur y galon ar ei fraich a gwenu.

'Pam ti'n gwenu?' gofynnodd Cai, a oedd wedi bod yn ei wylio.

Gwenodd Anil yn lletach.

'Meddwl,' meddai. Dim ond meddwl.

Cyn brecwast, roedd e wedi mentro at Bwmbwm, a gysgai ar lawr wrth y tân, ac wedi gofyn iddo faint roedd e'n ei gofio am ei fam.

Wnaeth Bwmbwm ddim byd, dim ond ailadrodd yr hyn a ddywedodd yn y plas, 'Mira is gw-gyrl', a throi ar ei ochr i fynd yn ôl i gysgu.

'Wer is Mira?' mentrodd Anil.

'Is in rat, is in môr,' meddai Bwmbwm, heb agor ei lygaid. Yr eiliad nesaf, roedd e wedi ailfeddwl, ac wedi troi i edrych ar Anil. 'No, is no in rat...'

Ac roedd Anil wedi ceisio palu'n ddyfnach, pam mai dyna roedden nhw wedi'i dweud wrtho os nad oedd e'n wir? Os nad oedd Bwmbwm wedi gweld corff ei fam, a chorff ei frawd, os nad oedd e wedi'u gweld nhw'n farw...

Cyfaddefodd Bwmbwm, na, doedd 'na ddim corff: roedd Mira wedi diflannu heb adael dim o'i hôl.

A gwyddai Anil o'r diwedd mai'r hyn y cofiai ei weld â'i lygaid ei hun oedd yn wir wedi'r cyfan: nid llygoden fawr oedd wedi mynd â'i fam, ond aderyn.

'Am beth wyt ti'n meddwl?'

Roedd Cai wedi troi ar ei ochr tuag ato. Cododd ei law i dynnu ei fys ar hyd boch Anil.

'Ti,' meddai Anil, achos roedd hynny'n wir bellach. Byddai ei fam wedi dwlu ar Cai.

*

Dros ysgwydd y mynydd o olwg y lleill oedden nhw pan laniodd yr aderyn mawr ar lawr y dyffryn islaw. Aderyn mwy nag a welodd Cai erioed, ac aderyn tebyg i'r un oedd wedi llyncu mam Anil.

Daeth ofn dros y ddau, ac fe gilion nhw i'r coed, gan gadw llygad ar yr aderyn.

Daeth dwsinau o chwilod allan o fol yr aderyn, yn union fel oedd wedi digwydd pan gipiwyd mam Anil.

'Amser marw,' meddai Anil wrth Cai a'i lygaid yn llawn arswyd, yr un arswyd â phan oedd hi'n amser marw ar ei fam. Amser mynd yr ochr arall i'r môr.

'Chân nhw ddim gafael arnon ni,' meddai Cai wrth Anil, ond roedd ei lais yn gryg o fraw.

Welodd e erioed ddim byd tebyg i'r aderyn o'r awyr. Fe wyddai am awyrennau, fe wyddai am y ffordd roedden nhw'n mynd drwy'r awyr fel rhyw wyrth, ond doedd dim awyrennau yn eu dyddiau nhw. Mewn llyfrau roedden nhw'n bodoli.

Gwyliodd y chwilod duon ar lawr y dyffryn, a rhai'n lledu i fyny'r ochrau. Pobl. Mewn gwisgoedd caled, yn eu gorchuddio o'u pennau i'w sodlau, yn cario pethau. Chwydai bol yr aderyn fwy a mwy ohonyn nhw.

Symudodd Cai ac Anil ymhellach i mewn i'r goedwig. Roedd y chwilod yn nesu.

Rhedodd y ddau law yn llaw, a baglodd Cai. Roedd chwilod ar gyrion y goedwig.

'Rhed!' gwaeddodd Cai. 'Rhed!'

Ond roedd chwilod, tair chwilen, wedi dod o'r cyfeiriad arall, ac wedi gafael yn Anil. Gwelodd Cai'r cyfan.

'Naaa!' gwaeddodd, gan ddisgwyl i'r chwilod afael ynddo yntau hefyd.

Ond ddigwyddodd hynny ddim. Doedd ganddyn nhw fawr o ddiddordeb mewn dal mwy nag un.

Rhedodd Cai ar eu holau, gan weiddi yr holl ffordd. Ond cafodd ei anwybyddu gan y chwilod. Pasiodd ddwy neu dair ohonynt, wrth redeg i gyfeiriad y chwilod oedd wedi gafael yn Anil.

Roedd y tair chwilen wedi cyrraedd bol agored yr aderyn ac yn cario Anil rhyngddyn nhw, un yn gafael am bob coes a'r llall yn gafael yn ei ysgwyddau, fel pe bai ar elor rhyngddyn nhw. Aeth y tri ag Anil i mewn i fol yr aderyn. Eiliadau'n hwy a byddai Cai wedi eu dal.

'Anil!' bloeddiodd, fel pe bai'n chwydu ei holl enaid allan gyda'r enw.

Ond roedd y chwilod i gyd wedi mynd i mewn i'r bol dur.

Sut y llwyddon nhw i gyrraedd cyn fi, meddyliodd Cai, pob un ohonyn nhw, gymaint yn gynt nag e, er ei fod wedi rhedeg nerth esgyrn ei holl fodolaeth i lawr y bryn ar eu holau? Roedden nhw'n union fel pe baen nhw'n hofran fodfeddi uwch y ddaear. Ac Anil yn cael ei ddal gerfydd ei freichiau rhyngddyn nhw.

Cododd yr awyren yn syth i'r awyr o flaen ei lygaid. Na, na, na, na!

Erbyn hyn, roedd rhai o'r Ni wedi cyrraedd pen y bryn, wedi gweld a chlywed yr aderyn mawr yn cyrraedd, ac o bosib wedi clywed sgrechiadau Cai. Roedd Olaf a Gwenda yn eu plith, yn rhedeg i lawr ato.

Disgynnodd Cai ar ei liniau, yn teimlo bod ei fywyd ar ben.

Wedi iddi gyrraedd uchder digonol uwchben y tir, saethodd yr awyren i gyfeiriad y môr, yn fwystfil du a âi'n llai ac yn llai nes troi'n ddim ond smotyn uwchben y gorwel.

Smotyn du. Aderyn du.

Cyn diflannu, a'r chwilod ac Anil yn ei fol.